डायन

तथा अन्य कहानियाँ

कहानी संकलन

डायन

तथा अन्य कहानियाँ

भीष्म साहनी

राजकमल प्रकाशन

ISBN : 978-81-267-0140-7

मूल्य : ₹295

पहला संस्करण : 1998
तीसरा संस्करण : 2018

प्रकाशक : राजकमल प्रकाशन प्रा. लि.
1-बी, नेताजी सुभाष मार्ग, दरियागंज
नई दिल्ली-110 002

शाखाएँ : अशोक राजपथ, साइंस कॉलेज के सामने, पटना-800 006
पहली मंजिल, दरबारी बिल्डिंग, महात्मा गांधी मार्ग, इलाहाबाद-211 001
36 ए, शेक्सपियर सरणी, कोलकाता-700 017

वेबसाइट : www.rajkamalprakashan.com
ई-मेल : info@rajkamalprakashan.com

मुद्रक : बी.के. ऑफसेट
नवीन शाहदरा, दिल्ली-110 032

DAAYAN
Stories by Bhishma Sahni

परम प्रिय कल्पना-रोमी को

अनुक्रम

डायन

हमारी माँ की नजर बड़ी पैनी है जी, सड़क पर डोलते आदमी की मंशा भाँप लेती है कि कौन है, क्यों आया है। उसकी आँखें दस परतें बेधकर भी भेद जान जाती हैं।

कालका में हमारी दुकान है जी—आटे-दाल की दुकान। सुबह-सवेरे ही हमारा बापू पूजा-पाठ के बाद गद्दी पर बैठ जाता है और हमारी माँ मन्दिर से लौटकर और चौका-बरतन करके दुकान में आ जाती है और हमारे बापू के पीछे टाट बिछाकर बैठ जाती है। घंटों वहीं बैठी रहती है। हर ग्राहक पर, सड़क पर हर आने-जानेवाले पर उसकी नज़र रहती है।

हमारा बापू बहुत सीधा आदमी है। उसकी आँखें भी सामने सड़क पर लगी रहती हैं पर अगर पूछो कि ''बापू, क्या देख रहे हो,'' तो सिर झटककर कह देगा, ''कुछ भी तो नहीं। वहाँ देखने को है क्या?''

इस पर माँ सिर झटककर कहेगी, ''इनके आगे तो फनीयर साँप भी सिर उठाकर खड़ा हो जाए तो इन्हें नजर नहीं आएगा।'' फिर नाक-भौं चढ़ाकर कहेगी, ''ऐसा सीधा आदमी भी किस काम का? निरा गौ का गौ। कोई भी आदमी इसकी नाक में नकेल डालकर जहाँ चाहे खींच ले जाए।''

बापू सुनता रहता है और सामने की ओर देखता रहता है। पर कभी-कभी जब माँ बहुत टीका-टिप्पणी करे तो मुस्कराकर कह भी देता है, ''गौ आदमी तो ठीक है, किस काम का, पर यही गौ आदमी पहले छाबड़ी लगाता था, और अब दुकान करता है और दुकान के पीछे पक्का घर बनवा लिया है। तू, भली लोक, सोच-समझकर बात किया कर।''

पर माँ फिर भी टिप्पणी किए बिना नहीं रहती, ''पक्का घर बनवा लिया है, क्योंकि सारा वक्त मैं पीठ पर बैठी रहती हूँ, इन पर छोड़ देती तो यह आज भी छाबड़ी लगा रहे होते।''

माँ और बापू की नोक-झोंक हमें अच्छी भी लगती है जी, पर कभी-कभी डरा भी देती है, जब घर में कोई समस्या उठ खड़ी हो।

हम तीन भाई हैं जी। मेरा बड़ा भाई छोटा-मोटा सरकारी नौकर है और मैं शिमला की पहाड़ियों में टैक्सी चलाता हूँ। कालका से शिमला, कुल्लू, मनाली, धर्मशाला—सब जगह जाता हूँ। आपकी दया से काम अच्छा चल रहा है जी। यह तीसरी गाड़ी लोन पर ली है। बैंकवाले लोन देते हैं जिसे तीन साल में चुकाना होता है, मैं उसे दो साल में ही चुका देता हूँ और नए लोन के लिए अर्जी दे देता हूँ।

टैक्सी चलाने का एक ही उसूल है जी—वक्त की पाबन्दी। सवारी से कहो, गाड़ी सुबह आठ बजे पहुँच जाएगी तो ठीक आठ बजे गाड़ी बँगले के बाहर खड़ी हो। कहो, मनाली तक का सफर सात घंटे में पूरा होगा, तो सात घंटे से एक मिनट भी ऊपर नहीं होना चाहिए। पेट्रोल की टंकी रात को ही भरवाकर रख लो। सब काम मुस्तैदी से होना चाहिए।

मेरा बड़ा भाई भी बड़ा सीधा आदमी है। कुछ-कुछ हमारे बापू जैसा। वह भी गुप्प-चुप्प बना रहता है—न हूँ, न हाँ। पर इसमें उसका दोष नहीं जी। वह डायन के बस में है। डायन जैसे उसे चलाती है, वैसे ही चलता है।

हाँ जी, डायन, मेरी भौजाई डायन है—मेरे भाई की घरवाली। वह सचमुच डायन है जी। देखने में पता नहीं चलता। हमें तो तब भी पता नहीं चला जब वह ब्याहकर घर में आई। पर माँ को ब्याह से पहले ही पता चल गया था। वह डायन ही थी जी। साँवले रंग की चौड़ी काठीवाली औरत। चौड़े-चौड़े हाथ, चौड़ी-चौड़ी पैरों की उँगलियाँ। माँ कहती थी, डायन की आँखों को तो देखो, अँधेरे में भी उसकी आँखों में नीली-नीली-सी चमक रहती है। वह अजमेर से ब्याहकर आई थी जी। अजमेर में बैठे-बैठे ही उसने हमें अपने डोरों में जकड़ लिया था। माँ कहा करती थी कि अगर तेरे बापू ने मेरी बात मान ली होती तो डायन अपना जाल फैला ही नहीं पाती। माँ ने तो तब डायन का जाल काटना शुरू किया जब हम उसमें फँस चुके थे।

इस सारी शरारत की जड़ में वह कुबड़ा दुकानदार था जी। हमारी उससे न जान, न पहचान। एक दिन सवेरे-सवेरे वह कुबड़ा हमारी दुकान के सामने खड़ा डोल रहा था। माँ उसी वक्त दुकान में आकर बैठी ही थी कि उसकी नजर उस बूढ़े कुबड़े पर पड़ी थी और वह ठिठक गई थी। उसका माथा ठनक गया कि अपशगुन हो गया। माँ को उस कुबड़े का सुबह-सुबह आना ही अपशगुन लगा था।

"यह कौन है जी, पूछो तो कहाँ से आया है? यहाँ क्यों खड़ा है?" माँ ने घबराकर पूछा था।

तभी वह आदमी आगे बढ़ आया था और बड़ी आजिजी के साथ हमारे बाप से बोला, "लाला, मैं इधर पिछली सड़क पर ठेला लगाता हूँ। जूते बेचता हूँ—राजस्थानी जूते, पर अब पुलिसवाले वहाँ ठेला नहीं लगाने देते। तुम कहो तो इधर तुम्हारे सामने पटरी पर अपना ठेला लगा लूँ?"

बापू के पीछे बैठी माँ ने भी सुन लिया था। बापू अभी उस कुबड़े की ओर देख ही रहा था कि माँ पीछे से बुदबुदाई थी, ''कह दो जी, यहाँ नहीं, कहीं और जाकर ठेला लगा ले।''

पर हमारा बापू बड़ा ढीला-ढाला-सा आदमी है जी। अव्वल तो वह किसी की पूरी बात समझता ही नहीं। सुनता रहता है और सिर हिलाता रहता है और फैसले करता है झटके के साथ—बिना सोचे-समझे।

माँ अभी कुछ और कहने जा ही रही थी कि बापू ने कह दिया, ''ठेला तुम्हारा और पटरी सरकार की। हमसे क्यों पूछते हो ? पर थोड़ा हटकर लगाना ताकि हमारी गाहकी खराब न हो।''

बापू ने तो कह दिया और माँ ने जीभ दाँतों तले दबा ली और बार-बार सिर हिलाने लगी।

अब भी माँ बरसों बाद जब भी उस घटना को याद करती है तो उसी तरह दाएँ-बाएँ सिर हिलाती है, दाँतों तले जीभ दबाती है और दोनों हाथ मलतो हुई कहती है, 'खोई घड़ी मुड़कर नहीं आती। पर उसी घड़ी हमारा नसीबा फूटा था।'

पर उस दिन बापू को वह केवल इतना ही कह पाई थी, ''तुम यह क्या करते हो जी ? जान न पहचान, वह हमारा लगता ही क्या है जो उसे इधर अपने सामने बैठने को कह दिया ?''

माँ कहती है कि वह दिन ही बुरा चढ़ा था। उसी दिन सुबह मन्दिर से लौटते हुए माँ का पैर एक टोने-टोटके से टकरा गया था। ऐन चौराहे के बीच कोई टोना कर गया था। चार ईंटों का घेरा, उस घेरे के अन्दर टिमटिमाता दीया. और थिगलियों का बना पुतला, सिर पर के बाल नुचे हुए, और अंग-अंग पर लाल रंग के धब्बे और आस-पास टूटी हुई ठीकरियाँ। माँ हर काम बड़ी समझदारी से करती है जी, पर उस दिन माँ ने ध्यान नहीं दिया तो उसका पैर उस ईंट से टकरा गया जिस पर थिगलियों का पुतला टिका हुआ था। माँ ठिठककर एक ओर को हट गई थी, पर उसी क्षण वह काँप भी गई थी कि टोने का साया उस पर पड़ गया है, कि उसका पैर नुचे बालोंवाले पुतले के सिर से टकराया है।

माँ ने घर लौटते ही फिर से स्नान किया, उस अपशगुन का साया हटाने के लिए उसने लोहे की परात में जलते अंगारे डाले और जलते अंगारों पर हरमल और लाल मिर्ची छिड़की, और परात को उठाए वह घर की एक-एक कोठरी में घूमती रही थी, यहाँ तक कि हरमल और मिर्ची के धुएँ के कारण घर के सभी लोग खाँसने और छींकने लगे थे। माँ कहती थी कि हरमल धुँआने के बाद उसे विश्वास हो गया था कि अपशगुन टल गया है, और वह बड़े इत्मीनान से दुकान में आकर हमारे बापू के पीछे बैठ गई थी। पर वह साया टला नहीं था। उसी दिन वह कुबड़ा वहाँ पहुँच गया था।

उसी दिन माँ को विश्वास हो गया कि घर पर कोई क्लेश आनेवाला है, कि उसे घर के अन्दर घुसने का रास्ता मिल गया है।

माँ जब भी कुबड़े को देखती, उसे थिगलियों का बना टोने का पुतला याद आ जाता था।

माँ कभी-कभी हम लोगों पर झुँझलाकर कहती, ''तुम्हारे बाप की आँखों पर तो चर्बी चढ़ी है पर तुम आँखें रहते भी कुछ देख नहीं सकते।''

माँ ठीक ही कहती थी। आँधी-तूफान उठने वाला हो तो माँ को इसकी आहट पहले से मिल जाती थी। हमारे घर के बाहर एक ऊँचा-लम्बा पेड़ है, उस पर कौवों ने भी घोंसले बना रखे हैं और तोतों ने भी। दिन के वक्त गिलहरियाँ भी उसके तने पर चढ़ती-उतरती रहती हैं और गाहे-बगाहे कोई फाख्ता भी टहनियों पर आ बैठती है। और नीचे एक बिल्ली ताक लगाए बैठी रहती है कि कब किसी पंछी पर झपट्टा मार ले। और अक्सर रात के वक्त रसोईघर में बैठे-बैठे ही माँ कह उठती है, ''बिल्ली ने फाख्ता को दबोच लिया है।'' और सचमुच ही दूसरे दिन हमें पेड़ के नीचे फाख्ता के छितरे पंख और जगह-जगह खून के धब्बे देखने को मिलते।

उस दिन जब बापू ने कुबड़े को अपनी दुकान के सामने ठेला लगाने को कह दिया था तो माँ दिन-भर कुढ़ती-झुँझलाती रही थी। पर बापू सदा की भाँति लापरवाही से सिर हिलाता रहा था, ''भली लोक, मैंने क्या बुरा किया है? अधेड़ उम्र का आदमी है, दो जून रोटी का जुगाड़ कर लेगा, तेरे सिर को असीसें देगा, इसमें तेरा क्या बिगड़ेगा?''

पर माँ को वह कुबड़ा आँखों दुखता था। एक तो कुबड़ा, इस पर अधेड़ उम्र का कुरूप, सिर पर सूखे उड़ते हुए बाल, मुँह पर खिचड़ी दाढ़ी। न आगा, न पीछा—वह है कौन जो यहाँ टपक पड़ा है?

खैर, तो जी, दूसरे दिन से वह कुबड़ा हमारी दुकान के सामने ठेला लगाने लगा। वह तरह-तरह के राजस्थानी जूते बेचता था। राजस्थानी जूते ज्यादा देर नहीं चलते, पर देखने में बड़े चटकीले होते हैं, खास तौर पर औरतों के जूते। किसी पर सलमे-सितारे का काम होता है, किसी पर सुनहरे धागे से फूल काढ़े होते हैं। इस आदमी के ठेले पर गाहक पड़ने लगे। उसका कारोबार चल निकला। अच्छे पैसे कमाने लगा। इतना ही नहीं, बापू के साथ उसकी दोस्ती हो गई। जब गाहक न होते तो दोनों बतियाते, हँसने-बोलने लगते। माँ बापू की पीठ पीछे बैठी नाक-भौंह चढ़ाती रहती, 'मुआ कुबड़ा, मुआ कुबड़ा' कहती रहती, पर हमारे बापू का स्वभाव ही ऐसा था कि किसी के दिल के अन्दर झाँक ही नहीं सकता था।

अभी साल भी नहीं बीता था कि वह कुबड़ा उस डायन को हमारे घर में ले

आया। हमारे बड़े भाई का ब्याह उस डायन के साथ करवाने में सबसे बड़ा हाथ उस कुबड़े का ही था।

यह सच है जी, वही कुबड़ा सगाई का प्रस्ताव लेकर आया था। हमारी माँ जब परेशान होती है तो उसका चेहरा तमतमाने लगता है। आँखें सिकुड़ जाती हैं और वह बार-बार अपने दोनों हाथ एक-दूसरे के साथ बजाने लगती है। माँ आपे से बाहर हुई जा रही थी तब बापू ने फिर से कहा, ''मैंने कोई जबान नहीं दी है। उसने कहा, 'तुम चलो मेरे साथ अजमेर शरीफ और मैं तुम्हें उस परिवार से मिलवा दूँगा, खुद देख-परख लेना।' बस, इतना ही।''

''और तुमने हाँ कर दी?'' माँ उसी तरह तड़पकर बोली।

''मैंने कहा, अच्छा है, देख लेंगे,'' फिर बापू हमारी ओर देखकर बोला, ''हमें मंजूर नहीं होगा तो हम सगाई नहीं करेंगे। इनकार कर देंगे, कोई जबरदस्ती थोड़े है।''

इस पर हमने माँ की ओर देखा तो उसका चेहरा, जो कुछ ही देर पहले तमतमाने लगा था, अब पीला पड़ गया था और वह एकटक बापू की ओर देखे जा रही थी और धीरे-धीरे सिर हिला रही थी। फिर दो टूक आवाज में बोली, ''मैं तो तुम्हें कहीं नहीं जाने दूँगी। अजमेर छोड़कर वह पिछवाड़ी मुहल्ले में भी तुम्हें ले जाए तो नहीं जाने दूँगी।''

बापू का धैर्य अभी भी बना हुआ था। पहले की ही भाँति बड़े सहज भाव से बोला, ''मैंने तो हाँ कर दी है कि तुम्हारे साथ अजमेर शरीफ जाऊँगा। मिलने में हर्ज ही क्या है? अपने बेटे का ब्याह कर रहे हैं, देख-परखकर ही करेंगे।''

''मैं तो तुम्हें कहीं नहीं जाने दूँगी,'' माँ ने फिर से कहा, पर उसकी आवाज लड़खड़ा गई थी। ऐसे मौकों पर जब बापू के सामने माँ का बस नहीं चल पाता तो वह पहले तो बुरी तरह बिफरती है, फिर कुरलाने लगती है।

आनेवाले शनिवार के दिन बापू ने अजमेर जाने का फैसला किया था। माँ उस वक्त तो चुप रही पर अब शनिवार का दिन आया और कुबड़ा अपना बुचका उठाए हमारी दुकान के सामने आकर खड़ा हो गया तो माँ बाहर निकल आई, ''मैं भी साथ चलूँगी।''

कुबड़ा कुछ ठिठका, पर उसने हाँ में सिर हिला दिया, कहता भी तो क्या? यह तो नहीं कह सकता था कि तुम मत चलो। और, सगाइयाँ तो औरतें ही करती हैं, लड़कियाँ भी वही देखती-परखती हैं, इनकार कैसे करता?

मुझे वह दिन याद है जी, जब तीनों—हमारा बापू, कुबड़ा जूताफरोश और हमारी माँ—सड़क पार करके बस के अड्डे की ओर जा रहे थे। मेरा बड़ा भाई मेरी बगल में खड़ा था। उसी के लिए ये तीनों साक देखने जा रहे थे। उस वक्त—अजीब

बात है जी—मुझे लगा था, जैसे सारी सड़क सूनी पड़ गई है और चारों तरफ हल्की-हल्की धूल उड़ने लगी है। मुझे अपने भाई से बड़ा प्यार है। मुझे लगा, जैसे सगाई हो जाने पर वह मुझसे बिछड़ जाएगा। पता नहीं जी, ऐसा मुझे क्योंकर लगा था! हालाँकि मेरा दिल कह रहा था कि जहाँ ये लोग जा रहे हैं, वहाँ वही कुछ होगा जो माँ कहेगी, जैसी माँ की मर्जी होगी। हमारा बाप तो ढीलम-ढाल है जी। जो माँ कहेगी, वही वह करेगा। पर उन्हें सुनसान सड़क पर दूर जाते देख मुझे बड़ा अजीब-सा लगा था जी।

माँ ने चलने से पहले दहलीज पर तेल छिड़का था, कटोरी में तेल डालकर उसमें चमकता चाँदी का रुपया डालकर दोनों हाथ जोड़े देर तक मन्नत मनाती रही थी। यहाँ तक कि पल्ला गले में डाल लिया था, जैसा वह तभी करती है जब वह मन-ही-मन बड़ी बेचैन होती है।

तीनों आँखों से ओझल हो गए। मैंने अपने बड़े भाई से पूछा, ''भैया, तुम्हें कैसा लग रहा है? तेरा ब्याह अजमेर में होगा या किसी दूसरी जगह?''

इस पर वह मुस्कराकर बोला था, ''जहाँ माँ कहेगी, वहीं होगा।''

उसके चेहरे पर कोई शिकन नहीं थी, न कोई उधेड़बुन, न चिन्ता की परछाईं; बल्कि वह खुश-खुश नजर आ रहा था।

तीन दिन बाद हम लोग घर के चबूतरे पर खड़े थे कि मेरा बापू और माँ बस के अड्डे की तरफ से आते नजर आए। कुबड़ा उनके साथ नहीं था। बापू आगे-आगे, गरदन झुकी हुई, जमीन पर आँखें गाड़े, मानो अजमेर में उसकी हेठी हुई हो! और माँ पसीने से तर, सिर पर गठरी और हाथ में एक छोटा-सा बुचका उठाए हुए।

''क्या कर आई हो माँ?'' ज्योंही वे घर के नजदीक पहुँचे तो मैंने पूछा।

''ठहर, बताती हूँ। साँस लेने दे।''

दोनों बुझे-बुझे थे। मेरा बाप सड़क पर चले तो भी और खाट पर बैठे तो भी, गरदन झुकाए रहता है, आँखें उसकी जमीन पर ही लगी रहती हैं। माँ इससे भी खीज उठती है।

''अब कुछ नहीं बोलेगा। पर वहाँ मुझ पर शेर की तरह गरजता रहा,'' माँ ने कहा, और फिर जैसा उसका स्वभाव था, दोनों हाथ मलते हुए बोली, ''हो गई तेरे भाई की सगाई।''

''ऐसा क्यों बोल रही हो माँ? यह तो बड़ी खुशी की बात है।''

पर माँ चुप रही। बार-बार अपना पसीना पोंछती रही। इस बीच बापू उठकर अन्दर चला गया और कुछ देर बाद हाथ-मुँह धोकर दुकान में अपनी गद्दी पर जा बैठा।

''वहाँ, समधियों के घर, अभी बात चली ही थी कि मैंने तेरे बापू से फुसफुसाकर कह दिया था, तुम कह देना जी, सोच-विचारकर जवाब देंगे—घरवालों से बातचीत करके। और उसने मेरी बात मान भी ली थी, यही करेंगे। उसने कहा था कि लगते

तो गरीबड़े-से हैं। कच्चे कोठे में रहते हैं।''

''फिर सगाई कैसे हो गई माँ?''

''इतने में वह 'डायन' शर्बत के गिलास लेकर आ गई। मैंने तो कह दिया कि मेरा व्रत है, मैं तो सिर्फ पानी का गिलास पिऊँगी। पर तेरे बापू ने आगे बढ़कर गिलास उठा लिया। तभी मेरा दिल धक् से रह गया था। इसके घूँट भरने की देर थी कि तेरे बापू का मन बदल गया।''

माँ बार-बार सिर हिलाती हुई और हाथ मलती हुई कह रही थी, ''हम उनके घर में बैठे ही थे कि मुझे अन्दर-ही-अन्दर से अकुलाहट होने लगी थी। जहाँ हम लोग बैठे थे, वहीं पीछे उनकी रसोई थी। रसोई के अँधेरे में मुझे वह 'डायन' नजर आ गई थी। खिड़की के पीछे डोल रही थी। उस पर नजर पड़ते ही मैं समझ गई थी कि यही लड़की है, इसी की सगाई का न्यौता आया है। और मैं अन्दर-ही-अन्दर काँप गई थी।''

माँ उत्तेजित हो उठी थी।

''पहले तो तेरा बाप मान गया था कि वहाँ कोई पक्की बात नहीं करेंगे, पर शर्बत के दो घूँट पीने की देर थी कि इसका मन बदल गया। पहले गुमसुम-सा बैठा था। फिर उनके साथ हँसने-बोलने लगा। और जब वह डायन शर्बत के खाली गिलास उठाकर ले जाने लगी तो तेरे बापू ने उसके सिर पर हाथ रख दिया, 'अब तो यह हमारे घर की लच्छमी बनेगी।' सुनते ही मेरा दिल काँप-काँप गया। 'डायन' आधा घूँघट काढ़े हमारे सामने खड़ी थी। साँवले चेहरे में भी मुझे उसके सफेद नुकीले दाँत नजर आ गए थे। डायन ने शर्बत में कुछ मिला दिया था।''

ड्राइवर का किस्सा सुनते हुए पता ही नहीं चला कि कब हम शिवालिक की पहाड़ियों में पहुँच गए हैं। हवा में ठंडक आ गई थी, और सड़क के एक ओर ऊँची पहाड़ी और दूसरी ओर गहरी खड्‌ड। पर ड्राइवर बड़ी मुस्तैदी से मोटर चला रहा था। मोटर भी चला रहा था और किस्सा भी सुनाए जा रहा था।

सहसा ही उसने गाड़ी रोक दी। बाएँ हाथ सड़क के किनारे-किनारे पानी का झरना बह रहा था।

''इधर इंजन को थोड़ा ठंडा करेंगे जी,'' वह चहककर बोला, ''है तो गाड़ी ही न जी।'' और उतरकर गाड़ी का हुड उठा दिया, ''इंजन कहता है, तू मेरी सेवा कर, मैं तेरी सेवा करूँगा। क्यों जी?'' और वह गाड़ी की ओर देखते हुए बड़ी आत्मीयता से मुस्कराया। फिर खाली डिब्बा निकालकर झरने पर से पानी ले आया।

''हम अपनी गाड़ी की नब्ज पहचानते हैं जी, जैसे डॉक्टर नब्ज पहचानता है। हम हल्की-सी आवाज सुनकर ही समझ जाते हैं कि कहाँ पर नुक्स है और क्या नुक्स है।'' इंजन में पानी डाल चुकने पर वह अपनी आस्तीनें चढ़ाते हुए बोला,

"आप भी मुँह-हाथ धो लो जी। यह जल सीधा शिवजी महाराज की जटाओं में से निकलकर आ रहा है। बड़ा पवित्तर जल है।"

उसके भक्तिभाव पर मुझे अचम्भा नहीं हुआ। रास्ते में अपना किस्सा सुनाते हुए भी, जहाँ कहीं सड़क के किनारे कोई मन्दिर पड़ता, वह स्टीयरिंग पर दोनों हाथ रखे-रखे ही सिर झुका देता और हाथ जोड़ देता रहा था।

गाड़ी चली तो वह कुछ दूर तक अपने मंसूबों की बात करता रहा, "आपकी दया से अगर मुझे कभी बैंक से लोन मिल गया तो मैं तो फैक्टरी लगाऊँगा। मोटर की मशीन के सब गुर जानता हूँ। आपकी दया से कभी मौका लगा तो जापान जाऊँगा, मोटर की नई मशीनें देखूँगा...मुश्किल कुछ भी नहीं है जी। आप सारी मोटर खोल दो, मैं फिर से उसका एक-एक पुर्जा जोड़ दूँगा। बस जी, गाड़ी से प्यार होना चाहिए। उसकी समझ होनी चाहिए..."

गाड़ी पहाड़ी सड़क पर तीखे मोड़ काटती हुई आगे बढ़ने लगी थी जब मैंने उसे उसके किस्से की याद दिलाई, "तुम्हारी माँ तो उस लड़की को डायन समझती थी। उसके मनमाफिक वह नहीं रही होगी न!"

इस पर वह झट से बोला, "वह डायन थी जी। हमें पता नहीं चला, पर माँ पहले दिन ही भाँप गई थी।"

मैं देर तक उसके चेहरे की ओर देखता रहा। वह बड़ी दक्षता से कुछ देर तक गाड़ी चलाता रहा।

"फिर क्या हुआ?" मैंने पूछा।

"डायन हमारे घर आ गई जी।"

"तुम्हारी माँ जानती थी कि वह डायन है, फिर शादी क्यों होने दी?"

"बापू ने जो उसके सिर पर हाथ रख दिया था! माँ क्या करती? बाहर के लोगों के सामने बापू की बात कैसे काटती? पर घर में माँ बहुत दिन तक कलपती रही थी।"

"कितनी उम्र की रही होगी?"

"कौन जी? वह डायन? डायन की उम्र का क्या पूछते हो जी! डायन की उम्र का हिसाब कोई नहीं लगा सकता। पर वह अपने मन्तर-जादू से हमारे घर पहुँच गई थी। देखने में जवान थी। चौड़ी काठी की थी...माँ कहती थी, हम उसके जाल में फँस गए हैं। कौन जाने जी, डायन ने दो घूँट शर्बत पिलाकर बापू को बस में कर लिया था।"

वह हमारे घर में आ गई जी। जिस तरह उसने हमारे बापू को बस में कर लिया था, वैसे ही मेरे भाई को भी बस में कर लिया। देखते-ही-देखते वह उसके हाथ की कठपुतली बन गया जी। वह कहे, दिन है तो यह कहे, दिन है। वह कहे,

रात है तो रात है। सारा वक्त खाट पर बैठा उसकी तरफ देखता रहता। यहाँ तक कि उसे काम पर जाने की भी सुध नहीं रहती।

बापू ने दुकान के पीछे एक और कमरा बनवा दिया। डायन उस कमरे में डोलती रहती।

एक दिन सुबह-सवेरे, अभी पौ नहीं फूटी थी, जब माँ ने मुझे जगाया। माँ प्रभात बेला में ही उठकर खाट पर ही पालथी मारे बैठ जाती और मुँह-सिर लपेटकर जाप करती है। उस दिन खाट पर से उठ आई और मेरे कान में फुसफुसाकर बोली, "उठ, उठ, जाकर देख, वह असबाबवाली कोठरी में क्या कर रही है?"

मैं जाग गया और खाट पर उठ बैठा, "अभी तो इतनी रात है माँ, तुम्हें क्या मालूम, वह असबाबवाली कोठरी में है?"

"उठ, उठ, जाकर देख, मैं झूठ कहूँ तो कहना।"

भाई साहब, माँ को तसल्ली दे पाने के लिए मैं खाट पर से उठा और बीच का ताक हल्के से खोलकर असबाबवाली कोठरी में झाँककर देखा। डायन सचमुच हमारी भांडों वाली अलमारी के सामने खड़ी थी। अँधेरे में वह मुझे छाया-सी लगी। उसे देखकर मुझे सिहरन-सी हुई। अलमारी के सामने यों खड़ी थी, जैसे कोई परछाईं डोलती है। माँ कहती थी, डायनों को घर के भाँडों से लगाव होता है। वे भाँडों से घर के लोगों पर जादू करती हैं। उस वक्त वह मुझे सचमुच परछाईं-सी लगी थी, हाड़-मांस का पुतला नहीं। क्या मालूम, यह बात सही हो कि डायनें रात को परछाईं की तरह डोलती हैं पर दिन का उजाला होने से पहले हाड़-मांस के शरीर में बदल जाती हैं!

तभी मुझे कुछ दिन के लिए बाहर जाना पड़ गया। टैक्सी चलाने वाले की जिन्दगी ही ऐसी होती है जी। मुझे कुछ सवारियों को शिमला पहुँचाना था। यों शिमला का दौरा तो रोज ही लगता रहता है। किसी-किसी दिन तो दो-दो बार। अढ़ाई घंटे का ही तो रास्ता है। मैं सुबह जाता और शाम तक घर लौट आता, पर उस दिन मैं शिमला पहुँचा तो वहाँ से मनाली के लिए सवारियाँ मिल गईं। मैं मनाली पहुँचा तो धर्मशाला जाने के लिए एक टोली तैयार खड़ी थी। ड्राइवर की जिन्दगी का क्या है जी, जिधर को सवारी मिली, उधर को ही निकल गए।

मैं पूरे दो हफ्ते के बाद घर लौटा तो घर पर जैसे सोग छाया था। बापू का स्वास्थ्य गिरने लगा था। बापू का चेहरा पीला पड़ गया था। माँ ने मुझे एक ओर ले जाकर बताया कि दुकान में गद्दी पर बैठे-बैठे ही कभी-कभी उसका सिर एक ओर को लुढ़क जाता है।

"डायन ने अपना काम शुरू कर दिया है," माँ ने फुसफुसाकर कहा, "अब वह घर के अन्दर घुस आई है, एक-एक करके सबको खाएगी।"

"पर माँ, बापू को क्यों खाएगी? बापू ने तो उसके सिर पर हाथ रखा था!"

"तेरे बापू को दूसरे जहान भेजेगी तभी तो डायन का रास्ता साफ होगा," फिर माँ

वहीं खड़े-खड़े बिलखकर बोली, "मैं कुरलाती रही पर किसी ने मेरी नहीं सुनी।" और माँ का चेहरा फिर से तमतमाने लगा और उसकी छोटी-छोटी आँखें सिकुड़ने लगी थीं।

मेरे पीछे बड़े भाई ने वैद-डॉक्टर बुलाए थे। इलाज चल रहा था। केवल बापू से पूछो तो वह एक ही जवाब देता, "मुझे हुआ ही क्या है? मैं तो ठीक-ठाक हूँ।"

बापू की बात सुनकर मुझे और ज्यादा अचम्भा होता, मानो उसके मन में किसी ने भर दिया हो कि वह भला-चंगा है।

हमारे बापू की सेहत सचमुच तेजी से गिरती जा रही थी। एक दिन दोपहर के वक्त वह दुकान में अपनी गद्दी पर बैठा-बैठा ही एक ओर को लुढ़क गया। उसकी आँखें पलटने लगीं, और गले में से खर्र-खर्र की आवाज आने लगी। मैं भागता हुआ गया और डॉक्टर को बुला लाया। बापू को होश तो आ गया और उसकी तबीयत सँभल भी गई पर उस दिन के बाद जैसे वह खाट से जुड़ गया।

पर इसके तीसरे दिन माँ जैसे तड़पकर उठ खड़ी हुई, "मेरा घरवाला नहीं बचेगा, इस पर डायन सवार है, वह इसे खा जाएगी। मैं करमजली उस डायन को अपने घर ले आई।" माँ ने घर में बावेला मचा दिया।

वह सारा दिन बड़ी बेचैन रही। बापू की खाट के पायताने बैठे-बैठे उसका चेहरा सहसा तमतमाने लगता। वह उठकर फर्श पर बैठ जाती और फर्श पर अपनी एड़ियाँ रगड़ती हुई, अपना सिर दाएँ-बाएँ हिलाती हुई अपने खोटे कर्मों की दुहाई देने लगती। वह हमसे सँभाले नहीं सँभल पा रही थी। देर तक इसी तरह बौखलाते रहने के बाद वह फर्श पर से उठकर बापू के सिर के पास जाकर खड़ी हो गई।

"मैं तुम्हें इस तरह जाने तो नहीं दूँगी जी। मैं तुम्हें डायन के पंजों से खींचकर बाहर निकाल लाऊँगी। मैं तुम्हें मरने तो नहीं दूँगी..."

दूसरे दिन जब मैं उठा तो माँ घर पर नहीं थी। जाने कहाँ चली गई थी! सूरज चढ़ आया था जब वह घर लौटी। आते ही बोली, "मैं अजमेर जा रही हूँ। चल, तू मुझे बस के अड्डे तक छोड़ आ।"

"अजमेर क्यों जा रही हो, माँ?"

मैंने पूछा तो झट से बोली, "फिर बताऊँगी। यह बताने का वक्त नहीं है।" उसने झट से अपनी छोटी-सी पोटली बाँध ली।

मैं माँ को अकेली कैसे जाने देता जी? मैंने उसे इतना बेचैन कभी देखा ही नहीं था। मैंने सोचा, मैं खुद ही क्यों न माँ को मोटर में ले जाऊँ? वह अकेली कहाँ मारी-मारी फिरेगी! पर जब मैंने माँ से कहा तो माँ चुप रही, फिर धीरे से बोली, "तू घर पर रह। अपने बापू की देखभाल कर।"

"घर में छोटी भावज जो है माँ, वह बापू की देखभाल करेगी।"

"भावज?" माँ ने कहा और सिर हिलाकर बोली, "नहीं-नहीं, तू घर पर ही

रह।'' मानो माँ को किसी बात का अंदेशा हो! पर मैं नहीं माना। मैं नहीं चाहता था कि माँ अकेली मारी-मारी फिरे।

माँ कहने लगी, ''शिवाले के पीछे झाड़-फूँक करनेवाले की कोठरी है। मैं सुबह उसके पास गई थी। उसी ने उँगलियों पर हिसाब लगाकर कहा था कि तुम अजमेर चली जाओ। उसने मुझे एक नाम-पता भी बताया है जो साहे उतारता है...अगर डायन ने अजमेर से डोरे बाँधे हैं तो ये अजमेर से ही कटेंगे। उसने कहा है—उत्तर से आए हो, दक्षिण को चले जाओ।''

यों अजमेर का नाम सुनकर माँ चौंकी थी। डायन भी हमारे घर अजमेर से ही आई थी और झाड़-फूँक करनेवाला भी हमें अजमेर जाने को कह रहा था, कि जहाँ से जाल फैलाया गया है, वहीं से उसे काटना होगा।

पर जब हम चलने लगे, माँ ने अपना बुचका उठा लिया, और दुपट्टे की चूक में पैसे बाँध लिये तो हम क्या देखते हैं कि असबाबवाली कोठरी के दरवाजे की ओट में डायन खड़ी है। माँ को लगा, जैसे वह माँ का रास्ता काटने आई है। उसे भास हो गया होगा कि हम कहाँ जा रहे हैं और क्यों जा रहे हैं। ऐन सामने पड़ जाने पर माँ उसे असीस के शब्द कह दिया करती थी, पर आज वह चुप रही। वह बापू के गिरते स्वास्थ्य को लेकर बड़ी परेशान थी।

डायन ने भी कुछ नहीं कहा। केवल सामने ताकती, बुत की बुत बनी खड़ी रही। फिर अपनी कोठरी की ओर घूम गई।

हम घर में से निकले। जितनी तेज मैंने उस दिन मोटर चलाई थी, पहले कभी नहीं चलाई थी। ग्यारह घंटे का सफर मैंने सात घंटे में पूरा किया। दिन ढलते-ढलते हम अजमेर शरीफ की सड़कों पर थे। पता-ठिकाना पूछते-पूछते हम उस मौलवी के ठिकाने पर जा पहुँचे थे जो प्रेत उतारता था, झाड़-फूँक करता था, जिसका पता शिवालयवाले ने दिया था, पर यहाँ पर भी अजीब घटना घटी जी।

जब हम पहुँचे तो वह अपनी कोठरी के बाहर चबूतरे पर बैठा था। गली में पाँच-सात बुर्केवाली औरतें खड़ी थीं। लगभग सभी की गोद में बच्चा था। मौलवी पतले, छरहरे जिस्म का आदमी था, सिर पर चिंदिया टोपी पहने हुए अपनी बगल में उसने सुलगते कोयलों की एक अँगीठी रखी थी। उसके हाथ में बड़ा-सा छुरा था।

बारी-बारी से एक-एक औरत अपने बच्चे को उसके सामने चबूतरे पर लिटा देती और मौलवी अपनी हथेली पर थूकता और वही हथेली बच्चे के गालों पर मल देता और फिर दाएँ हाथ में पकड़ा गरम-गरम छुरा बच्चे के दाएँ और बाएँ गाल पर फिरा देता। इस पर बच्चे की माँ अपने बच्चे को गोद में उठाकर वहाँ से हट जाती।

हमें देखते ही मौलवी ने हमें अन्दर कोठरी में बैठने का इशारा किया। मैं समझ गया कि मौलवी ने हमें पहचान लिया है और हमारे मनोरथ को भी समझ लिया है।

हम चबूतरा चढ़कर पीछे कोठरी में चले गए। अँधेरी छोटी-सी कोठरी थी जिसमें मैली-सी दरी बिछी थी। एक ओर को टाट का टुकड़ा रखा था जिस पर शायद मौलवी खुद बैठता था। दीवार में एक ओर को आला था जिसमें बड़ा-सा दीया रखा था, पर दीये की बत्ती ने सारे आले को काला कर रखा था।

मौलवी बड़ी उम्र का दुबला-पतला-सा आदमी था, खस-खस सफेद दाढ़ी और लम्बी नाक। बोलता बहुत कम था, केवल बार-बार सिर हिलाता रहता था।

मैंने कुछ कहने से पहले ही सौ-सौ के पाँच नोट उसके सामने रख दिये, इतना तो मैंने भी सीख लिया है जी। पैसे किसी को नहीं चुभते...मैंने पैसे रखे तो मौलवी बोला कुछ नहीं, पर उसने नोटों को छुआ भी नहीं। वहीं के वहीं रखे रहने दिये।

"आप मेरे घरवाले को बचा लो जी, मैं तुम्हारे पाँव धो-धो पिऊँगी," माँ बोली।

बूढ़ा मौलवी चुपचाप बैठा, फर्श की ओर देखता सिर हिलाता रहा। थोड़ी देर बाद उसने सिर ऊँचा किया, "उसे क्या तकलीफ है?"

"उसमें सकत नहीं है जी। बैठा-बैठा एक ओर को लुढ़क जाता है। पहले घूमता-फिरता था, मंडी जाता था..."

मौलवी सुन रहा था और सिर नीचा किए मिट्टी के फर्श पर अपनी तर्जनी से रेखाएँ भी खींचे जा रहा था। जगह-जगह उन पर अपनी उँगली रखता। लगता, कोई हिसाब लगा रहा है। कभी-कभी लगता, यों ही आदत के मुताबिक फर्श पर उँगली चला रहा है। सहसा ही वह बोला, "बीबी, तेरे मर्द पर किसी का साया है।"

ये शब्द उसके मुँह से निकले ही थे कि माँ ने मुड़कर मेरी ओर देखा, मानो कह रही हो—अब तो मान गए हो न? मौलवी अपने मुँह से कह रहा है।

"मैं तावीज बना दूँगा," बूढ़े मौलवी ने सिर हिलाते हुए कहा। फिर उसने उपचार बताया। कहने लगा, "कच्चे आटे को सान लो। उसकी रोटी बनाओ। रोटी को सिर्फ़ एक तरफ से सेंको, दूसरी तरफ से नहीं। दूसरी तरफ रोटी कच्ची रहे। उस पर कच्ची घानी का तेल चुपड़ो। उसे लुक्मा-लुक्मा तोड़कर खिलाओ..."

माँ का चेहरा तमतमाने लगा, मानो उसे अपनी शंकाओं का समर्थन मिल गया हो। वह झट से बोली, "जब से डायन हमारे घर में आई है, यह अनर्थ हो रहा है जी।"

मौलवी का हाथ फर्श पर ठिठक गया। उसने पलकें उठाकर माँ की ओर देखा, "डायन? क्या कहा? डायन?"

माँ भड़ककर कहती गई, "आपके अजमेर की ही रहने वाली है जी, इधर आपके पिछवाड़े में ही उनका घर है। जियाराम मुंशी की बेटी है..." माँ आवेश में कहे जा रही थी।

माँ के कहने की देर थी कि मौलवी के तेवर चढ़ गए। वह झुँझलाकर सीधा तनकर बैठ गया, "कम्बख्त! कमजात! निकल जाओ, अभी निकल जाओ यहाँ से..." और उसने सामने फर्श पर रखे सौ-सौ के पाँचों नोट उठाए और मेरे मुँह पर दे मारे।

माँ थर-थर काँपने लगी। उसकी समझ में नहीं आया कि उससे क्या भूल हुई है और मौलवी के तेवर क्यों चढ़ गए हैं। वह बुरी तरह से घबरा गई थी। कोई और वक्त होता तो माँ का पारा तेज हो जाता और वह मौलवी के साथ उलझ जाती।

"मैंने तो कुछ भी नहीं कहा जी। हम तो किस्मत के मारे, ठोकरें खाते आपके पास आए हैं..."

"चले जाओ! अभी निकल जाओ, फौरन मेरी नजरों से दूर हो जाओ!" मौलवी ने फिर चिल्लाकर कहा।

मैंने चुपचाप नोट फर्श पर से उठाए और बाहर चबूतरे पर आ गया। माँ अभी भी थर-थर काँप रही थी। हम चबूतरे पर से उतर रहे थे जब हम क्या देखते हैं कि जूते बेचने वाला कुबड़ा, मौलवी के चबूतरे के सामने से चलता हुआ गली पार कर रहा है।

"चाचा!" सहसा मैंने चिल्लाकर कहा।

कुबड़ा रुक गया और पलटकर हमारी ओर देखने लगा।

"तुम यहाँ क्या कर रहे हो?" मैंने ऊँची आवाज में कहा।

वह बड़े धैर्य से मुस्कराकर बोला, "सामान खरीदने आया हूँ। इधर पीछे जूतों की मंडी लगती है। थोक में सामान बिकता है..."

मैंने माँ की ओर देखा तो माँ ने झट से कुबड़े की ओर पीठ फेर ली थी और मुँह-सिर लपेट लिया था, मानो उसके साये से भी दूर रहना चाहती हो।

हम लौट आए। मोटर अजमेर में से निकल आई थी, जब माँ कुछ थोड़ा सँभल पाई, और सिर हिलाकर बोली, "मैंने उसकी बात काट दी। वह साया उतारने का उपाय बता रहा था। मैं उसकी पूरी बात तो सुन लेती। वह उस जाल में से निकलने की विधि बता रहा था, पर मैं मुँहजली बीच में ही बोलने लगी।"

"माँ," मैंने कहा, "कौन जाने, मौलवी की मदद से ही डायन हमारे घर में पहुँची हो! दोनों ने मिलकर ही हमारे घर को बाँध रखा हो!"

"मैं मुँहजली, मैं न बोलती, वह तो उपाय बता रहा था। उपाय तो पूरा सुन लेती।" और माँ हमेशा की तरह सिर हिलाने और अपने दोनों हाथ मलने लगी।

घर पहुँचते ही माँ सीधा रसोईघर में गई और हाथ-मुँह धोकर कच्चा आटा सानने बैठ गई। एक ओर से सेंकी जाने वाली रोटी तो तैयार होते देर नहीं लगी, पर उसके आगे क्या करना होगा, वह माँ की समझ में नहीं आ सकता था। मौलवी किसी कड़वे तेल की बात करने जा रहा था।

माँ वह अधकचरी रोटी ही उठा लाई और लुकमा-लुकमा तोड़कर बापू के मुँह में डालने लगी।

आप मानोगे नहीं जी, माँ ने तीन दिन वह अधजला पूड़ा बापू को खिलाया होगा कि हमारा बापू उठकर बैठ गया। उसके चेहरे पर रंगत लौट आई। वह पूरी तरह तंदुरुस्त तो नहीं हुआ, उसकी सेहत ज्यादा नहीं सुधरी, पर वह मौत के मुँह से निकल आया।

पर माँ सारा वक्त हाथ मलती यही कहती रही, ''मौलवी उपाय बता रहा था, मैं मुँहजली बीच में बोल पड़ी। मैं बोलती नहीं, उसका उपाय तो सुन लेती...''

गाड़ी आगे बढ़ती जा रही थी। गाड़ी अब ऊँचे पहाड़ों के मोड़ काटने लगी थी। बाहर, हवा में शिमला की ठंडक आ गई थी। सड़क के किनारे शिमला के होटलों के साइनबोर्ड दूर कभी एक, तो कभी दूसरी तलहटी पर बिछे घरों की छतें आगन्तुक को मानो आमंत्रित कर रही थीं।

सहसा ड्राइवर ने गाड़ी की रफ्तार धीमी कर दी, और एक तीखा मोड़ काटकर गाड़ी को एक किनारे पर खड़ा कर दिया।

''क्यों, क्या बात है?''

''पिस्टन में नॉकिंग होने लगी है जी, पर फिक्र की कोई बात नहीं, अभी ठीक हो जाएगा।''

मैंने इंजन में से उठनेवाली कोई आवाज नहीं सुनी थी, आवाज बहुत बारीक रही होगी, पर ड्राइवर के कानों ने उसे सुन लिया था।

ड्राइवर की सीट पर बैठे-बैठे ही उसने सीट के नीचे से एक डिब्बा निकाला जो जरूर औजारों का डिब्बा रहा होगा, अपने सामनेवाले खाने में से सूतली का पिन्ना और एक थिगली-सी उठाई और बाहर निकल गया।

बोनट उठाकर वह इंजन को ठीक करने में लग गया। कुछ ही देर में गाड़ी फिर से शिमला की चढ़ाई चढ़ने लगी थी।

''फिर क्या हुआ?'' मैंने कहानी का छोर मानो उसके हाथ में थमाते हुए पूछा।

डायन ने अपनी कार्रवाइयाँ तेज कर दीं जी। बूढ़े मौलवी के साथ उसका तार मिला हुआ था। अजमेर शरीफ से लौटने के ठीक तेरह दिन बाद मेरी छोटी भावज जल मरी।

भावज और मेरा छोटा भाई ऊपरवाली मंजिल पर रहते हैं। वहीं पर से हमें उसकी चीखें सुनाई दी थीं। क्यों जी, कोई आदमी खुद भी अपने कपड़ों को आग लगा सकता है? और भावज ऐसा क्यों करेगी?

मौलवी और डायन के चंगुल से हमारा बापू पूरी तरह निकल तो नहीं पाया था

पर उसने आधा उपाय तो बता ही दिया था। अबकी बार डायन ने भावज को बस में कर लिया था। उसे जो कहती, वह करती। उसने भावज को अपने शिकंजे में बाँध लिया था। डायन हमारे परिवार से इस बात का बदला ले रही थी कि हम लोग अजमेर क्यों गए थे, उस मौलवी के पास...हमें तो तब पता चला जब भावज की चीखें सुनाई दीं। मैं भागता हुआ सीढ़ियाँ चढ़ गया। मैं ऊपर पहुँचा तो भावज के कपड़ों में से लपटें उठ रही थीं, पास में स्टोव जल रहा था और उधर डायन हाथ में पानी की बाल्टी उठाए कमरे के बीचोबीच खड़ी थी।

इतने में माँ भी सीढ़ियाँ चढ़कर ऊपर पहुँच गई। और 'हाय, मैं मर गई!' चिल्लाती हुई माँ ने खाट पर से कम्बल उठाया और भावज के शरीर पर लपेट दिया। और उसे देर तक अपनी बाँहों में भींचे रही। डायन अभी भी पानी से भरी बाल्टी उठाए कमरे के बीचोबीच खड़ी थी।

हमारी भावज के शरीर पर जगह-जगह फफोले उभर आए। हमें लगा कि बच जाएगी। माँ को भी लगता था कि वह डायन के मंसूबे को काटने में कामयाब हो गई है।

भावज का इलाज होने लगा, पर तभी एक अजीब बात हुई। हमारी भावज डायन की मानो मुरीद बन गई। सारा वक्त डायन उसके सिरहाने बैठी रहती। दोनों के बीच घुर-घुर चलती रहती, होना तो इसके उलट चाहिए था न जी। भावज की जान तो माँ ने बचाई थी। वह उसके जलते शरीर पर कम्बल नहीं लपेटती तो वह आग की लपटों में ही चीख-चीखकर खत्म हो जाती। पर बजाय माँ का शुक्रगुजार होने के, भावज डायन की गोद में जा बैठी थी। मेरी माँ देखती और दाँतों तले जीभ दबाती हुई सिर हिलाती रहती।

तीसरे दिन मेरी छोटी भावज मर गई जी।

माँ तड़प उठी। माँ ने डायन के जाल को काटा था, पर फिर भी वह भावज को खींच ले जाने में कामयाब हो गई थी।

हमारे घर पर तो दहशत-सी छा गई जी। माँ भी अब डायन से डरने लगी थी। पहले हमारे भाई को ऐसा बस में किया कि वह कहीं का न रहा। फिर हमारे बापू पर वार किया, और वह अधमरा खाट से जुड़ा पड़ा था। और अब भावज को खा गई। माँ को भी लगने लगा था कि अब कुछ नहीं हो सकता था, यह सोच-सोचकर ही माँ परेशान रहने लगी कि डायन का अगला वार किस पर होगा। माँ को रात के वक्त तरह-तरह की आवाजें सुनाई देने लगीं। कभी उसे लगता कि घर के इर्द-गिर्द कोई लकीरें खींच रहा है, जैसे मौलवी खींचता था और हिसाब लगाता था। और धीरे-धीरे उनका कसाव बढ़ता जा रहा है। कभी रात को उनकी कोठरी में से बरतन खनकने की आवाज आए तो माँ लेटी-लेटी उठ बैठती थी। घर के बरतनों में सकत होती है जी। डायन बरतन खनकाती थी तो समझो, माँ को चुनौती दे रही है।

आगे क्या होगा, माँ जब भी बात करती तो सिहर उठती, ''कुछ नहीं बचेगा। इस घर का कुछ नहीं बचेगा। डायन के ड़ोरे कसते जा रहे हैं।''

फिर एक दिन हम लोग सुबह उठे तो देखा, माँ फिर से घर पर नहीं है। आम तौर पर सूरज चढ़ने तक माँ मन्दिर से लौट आती थी और चौका-बरतन में लग जाती थी, पर माँ कहीं पर नहीं थी—न रसोईघर में, न अपनी खाट पर, न दुकान में। न जाने माँ किधर को निकल गई थी! मैं सोचूँ, कहीं डायन ने तो उसे अपने रास्ते से हटाने के लिए नहीं भेज दिया? कौन जाने जी? डायन जरूर जानती होगी कि माँ उसका जाल काट रही है।

सुबह की गई माँ ढलती दोपहर को लौटी—बगल में बुचका दबाए हुए। सदा की तरह उसका चेहरा तमतमा रहा था। वह चबूतरा चढ़ते ही सीधी अपनी कोठरी में गई और दरवाजा अन्दर से बन्द कर लिया। लगभग आधे घंटे तक न हूँ, न हाँ, दरवाजा बन्द रहा। फिर माँ बाहर निकली, गिलास भरकर पानी पिया और चुपचाप दुकान में जा बैठी।

''माँ, तुम कहाँ गई थीं?'' मैंने निराले में माँ से पूछा।

होंठों पर उँगली रखे माँ मेरे पास आकर बोली, ''मैं ओझा के पास गई थी, हीमारपुर। उसने भस्मी दी है...अब जा, फिर बताऊँगी।''

माँ हीमारपुर के किसी ओझा से भस्मी ले आई थी।

''और कोई तरीका नहीं है। ओझा कहता था, मैं उपाय करूँगा। डायन तेरे घर से निकल जाएगी। पर मैंने कहा, घर से निकल जाएगी तो हमें कौन-सा छोड़ देगी जी! अजमेर में थी तभी उसने हमें अपने शिकंजे में कस लिया था। अब बाहर जाएगी तो क्या हमें छोड़ देगी? इस पर उसने भस्मी दे दी,'' माँ कहते-कहते चुप हो गई। फिर अपना मुँह मेरे कान के पास ले जाकर बोली, ''इससे डायन भस्म हो जाएगी...जो विधि ओझा ने बताई है, उस समय उसकी कोठरी में और कोई नहीं होना चाहिए।'' कहते-कहते माँ ने दाँतों तेल जीभ दबा ली।

ऐसा वह तभी करती है जब कोई अशुभ विचार उसके मन में कौंध जाए।

''तू अपने भाई को किसी काम के बहाने बाहर ले जा। रात-भर बाहर रहे। तभी मैं भस्मी बिखेरूँगी।''

ओझा ने माँ से कहा था कि तेरा बेटा डायन की ढाल बना हुआ है। उसे कोठरी में से निकालोगी तभी क्रिया का डायन पर असर होगा। अगर डायन को पता चल गया तो वह वक्त रहते कोठरी में से निकल जाएगी।

''ओझा ने क्या कहा है, माँ?''

''ओझा ने कहा है, उस रात अपने बेटे को कोठरी में नहीं सोने देना। और भस्मी पौ फटने से पहले, मुँह अँधेरे में बिखेरनी होगी। उसकी कोठरी के इर्द-गिर्द भस्मी बिखेरनी होगी। जब चारों दीवारों के साथ भस्मी लग जाएगी तो क्रिया

शुरू हो जाएगी।''

''मन्तर क्या है, माँ?''

''मन्तर ओझा पढ़ेगा। वहीं से पढ़ेगा, जहाँ बैठा है। तू अपने भाई को किसी बहाने यहाँ से ले जा। कल दिन को वापस ले आना। तब तक यह काम पूरा हो जाएगा। बस, इतना काम कर दे।''

मैंने माँ को कभी भी इतना दृढ़ नहीं देखा था। वह कहती भी ठीक थी जी। जो अब कुछ नहीं किया तो कभी भी कुछ नहीं कर पाएँगे, और हमारा सर्वनाश हो जाएगा। मैं उस रात भाई को शिमला ले गया जी, यह बहाना डालकर कि बापू के लिए शिमला के वैद से दवाई लानी है और साथ में बैंक से अगला लोन उसके नाम से लेंगे। पहले तो वह आनाकानी करता रहा। वह डायन से पूछे बिना कोई काम नहीं करता था। पर मैं बाहर से ही उसे अपने साथ ले गया, घर जाने का उसे मौका ही नहीं दिया।

मैं और मेरा भाई शाम पड़ने से पहले ही शिमला के लिए रवाना हो गए। यों तो रात के वक्त पहाड़ों में मोटर चलाने में अब कोई खतरा नहीं है जी। चौड़ी सड़क है। बत्तियाँ-बैटरी ठीक हों तो आराम से सफर कट जाता है। फिर भी रात का वक्त था, और हमें शिमला पहुँचने में चार घंटे लग गए जी।

थके-माँदे हम एक ढाबे के ऊपर बने कमरे में जाकर पसर गए, पर हमारी आँखों में नींद कहाँ? न वह सो पाया, न मैं। डायन ने उस पर ऐसा जादू कर रखा था जी, कि उसके बिना वह पानी में से फेंकी हुई मछली की तरह तड़प रहा था। मुझे उस पर रहम भी आता था कि डायन के भस्म हो जाने पर इसकी क्या गति होगी। पर साथ ही मेरा ध्यान बार-बार माँ की तरफ भी जा रहा था। अगर डायन को माँ के मंसूबे का ध्यान हो गया तो? डायनों को तो काले कोसों दूर से भनक मिल जाती है। कहीं वह माँ को ही न जकड़ ले! पर अगर माँ भस्मी बिखरने में सफल हो गई और डायन कोठरी के अन्दर ही पड़ी-पड़ी झुलस गई तो क्या होगा? और अगर डायन बचकर निकल गई तो?

मैं खाट पर पड़ा-पड़ा करवटें बदल रहा था। पौ फटने में थोड़ी ही देर थी जब वहाँ लेटे-लेटे ही मेरा दिल धक्-धक् करने लगा। अब क्या होगा? माँ उठ गई होगी और उसने कोठरी की दीवार के साथ-साथ भस्मी बिखेरना शुरू कर दिया होगा, धीरे-धीरे उसकी तपिश डायन तक पहुँचने लगी होगी। डायन की जली-भुनी लाश को माँ कैसे ठिकाने लगाएगी? क्या डायन की देह होती भी है या नहीं? उधर दूर बैठा ओझा भी मन्तर पढ़ रहा होगा। कोठरी के अन्दर क्या डायन पड़ी सो रही होगी? अगर उसे भास मिल गया तो वह माँ को दबोच लेगी। जब डायनें बदला लेने पर आती हैं तो कहर ढाती हैं। माँ ने बहुत बड़ा जोखिम उठाया है, भगवान जाने क्या होगा! जब हम पहुँचेंगे तो क्या मालूम, घर में कोहराम मचा होगा!

जब पौ फट रही थी तो मेरे मन का तनाव कुछ दूर हुआ। मैंने मन-ही-मन कहा, जो होना था, हो चुका है। अब तक हो गया होगा। अब कोई कुछ नहीं कर सकता।

जैसे-तैसे हमने शिमला की सड़कों पर वक्त काटा। वैद से दवाई ली। बैंक में भी गए। वहाँ से लोन का फार्म लिया। कुछ देर इधर-उधर डोलते रहे। मेरा भाई वापस जाने के लिए मुझसे भी ज्यादा बेताब था।

सुबह ग्यारह बजे के आसपास हम शिमला से चल पड़े। मैंने इतनी तेज गाड़ी एक ही बार पहले चलाई थी, जब मैं माँ को अजमेर शरीफ ले गया था। पर अब तो मेरा दिल धक्-धक् कर रहा था जी, कि जाने घर में क्या हो गया होगा! मैं पागलों की तरह गाड़ी चला रहा था।

जब हम लोग घर के नजदीक पहुँचे तो मैं हैरान रह गया। सब कुछ वैसा ही था, जैसा हम छोड़कर गए थे। दुकान खुली थी और बापू गद्दी पर बैठा रोज की तरह ऊँघ रहा था। कुबड़े जूताफरोश का ठेला दुकान के सामने खड़ा था जबकि कुबड़ा स्वयं हमारी दुकान के चबूतरे पर बैठा सुस्ता रहा था।

हाँ, माँ दुकान में बापू की पीठ पीछे नहीं बैठी थी। माँ कहाँ होगी? मैंने मन-ही-मन कहा। दुकान लाँघ, घर में सीधा पिछली कोठरी की ओर गया। अन्दर झाँककर देखा तो डायन वहाँ पर नहीं थी। मुझे धक्का-सा लगा। वक्त रहते डायन घर से भाग गई है और माँ की क्रिया फेल हो गई है। अब क्या होगा? इसी बात का मुझे अंदेशा था। अब तो डायन न जाने कौन-सा कहर ढाएगी!

तभी माँ रसोईघर में से बाहर निकली। मैं लपककर उसके पास गया, "क्या हुआ, माँ?"

मेरी नजर अचानक पिछली दीवार पर पड़ी। दीवार के साथ-साथ कुछ दूरी तक भस्मी छितरी पड़ी थी।

माँ बड़े धीरज से बोली, "मैंने भस्मी नहीं छिड़की, थोड़ी दूर तक ही छिड़की थी। मैंने अन्दर झाँककर देखा तो वह करवटें बदलने लगी थी। मैंने और ज्यादा छिड़की तो अन्दर से हू-हू करने की आवाजें आने लगीं। थोड़ी और भस्मी छिड़कती तो यह सचमुच तड़पने लगती। पर मैंने हाथ रोक लिया।"

"क्यों माँ? तुमने हाथ क्यों रोक लिया?"

"मैं और भस्मी छिड़कने जा रही थी जब मुझे ध्यान आया कि डायन बनकर हमसे किस बात का बदला लेने आई है? मैंने पिछले जन्मों में इसे बहुत सताया होगा जो यह डायन का रूप लेकर हमसे बदला लेने आ गई है, अब अगर मैं इसे भस्म कर दूँगी तो हमारा क्या होगा?"

"यह अपना हाथ तो नहीं रोकेगी, माँ। हमें सताना तो नहीं छोड़ेगी।"

"सता ले जितना सताती है। इसके करम इसके साथ, मेरे करम मेरे साथ। मैं इसे भस्म तो नहीं करूँगी। अगर सारी भस्मी छिड़क देती तो न जाने आगे क्या कुछ

झेलना पड़ता! मैंने हाथ खींच लिया है तो क्या मालूम, वह भी हाथ खींच ले!''

तभी कोठरी में से भाँडे खनकने की आवाज आई।

डायन लौट आई थी।

पर अबकी बार खनकते बरतनों की आवाज सुनकर माँ परेशान नहीं हुई; बल्कि सहज भाव से उसे सुनती और मेरे साथ बातें करती रही।

''डायन लौट आई है, माँ,'' मैंने कहा।

''हाँ, सुन रही हूँ।''

पर जैसा मैंने कहा जी, माँ ने हाथ खींच लिया था। डायन जरूर समझ गई होगी जी, क्योंकि कुछ दिन तक घर में कुछ नहीं हुआ। बापू का स्वास्थ्य भी सुधरने लगा और कुबड़ा भी वहाँ से हट गया जी। उसे एक जगह दुकान किराये पर मिल गई थी। माँ को भी लगा, डायन अपना कसाव ढीला करने लगी है। उधर माँ ने एक दिन भाँडों की सारी अलमारी उसके सामने खोलकर रख दी, और सभी भाँडे उसे दे दिये।

अब डायन हमारे घर में नहीं रहती जी। माँ ने उनके लिए अलग घर ले दिया है, और सभी भाँडे वहाँ पहुँचा दिये हैं। मेरे भाई को लेकर वह वहाँ चली गई है। दोनों अलग रहते हैं। हमारे घर पर से डायन ने अपना हाथ खींच लिया है जी, ऐसा ही लगता है। आगे की भगवान जाने! वह घर से गई तो माँ उसके सिर पर हाथ फेरती रही; 'दूधो नहाओ, पूतों फलो! सती सुहागन!' बार-बार कहती रही।

बीरो

आज वे फिर आए थे—छैने-करतालें बजाते हुए। अभी पौ भी नहीं फूटी थी कि उनकी गान-मंडली के स्वर दूर से सुनाई पड़ने लगे थे।

सलीमा अभी उनींदी में थी, जब उसकी नींद में उनके सुर-ताल घुलने लगे थे, मीठे-मीठे स्वरों की फुहार जैसी उसके अन्तस्तल पर पड़ने लगी थी। उन्हें सुनते हुए वह पुलक-पुलक गई। गीत के बोल अस्पष्ट थे, पर सुर जानी-पहचानी थी, दूर बचपन के दिनों में ही अन्तर्तम में रच-बस गई थी।

सहसा ही सलीमा पलंग पर से उठ बैठी और उन्हीं कदमों भागती हुई छज्जे पर जा पहुँची और चिलमन के पीछे खड़ी बाहर की ओर झाँक-झाँककर देखने लगी।

बड़ी उम्र की औरत और इतनी उतावली, इतनी बेचैन!

चिलमन के पीछे सुबह की ठंडी-ठंडी हवा माथे को सहला रही थी। बाहर, प्रभातवेला के झुटपुटे में चाँदी घुलने लगी थी। गायकों के मनमोहक स्वर, निकट, और निकट आते जा रहे थे।

टोली आज फिर कस्बे में पहुँच गई थी।

यह आज की बात नहीं थी, यह तो साल-दर-साल से ऐसा ही चला आ रहा था। बैसाख के इसी दिन हर साल गायकों की टोली कस्बे में पहुँचती थी। बस, इस समय स्टेशन की ओर से आ रही है, तो शाम होने पर, फिर से छैने-करताल बजाती, सलीमा के दिल को मथती हुई, स्टेशन की ओर लौट जाएगी। उनके गीतों की स्वर-लहरियाँ धीरे-धीरे हवा में खो जाएँगी, डूब जाएँगी। फिर से मौन-सा छा जाएगा, और धीरे-धीरे, समय बीतने पर, उनका आगमन सपना-सा लगने लगेगा।

चिलमन के पीछे खड़ी सलीमा की आँखें, उत्तरोत्तर नजदीक आती टोली पर मानो गड़ी हुई थीं। उसका दिल जो पहले स्पंदित-सा महसूस कर रहा था, अब मानो उमड़ आया था और गरम-गरम आँसू उसकी आँखों से बह चले थे। यह भी साल-दर-साल से चला आ रहा था। बैसाख महीने के इस दिन पहले उसे अपार सुख था। फिर अथाह बेचैनी का अनुभव होता, सोए-सोए ही गरम-गरम आँसू

उसकी आँखों के कोरों से फूट पड़ते। फिर वह आहत-सी उठ बैठती और लपककर छज्जे पर जा पहुँचती।

टोली नजदीक आ पहुँची थी। उसके घर के सामने से गुजर रही थी। तब तक अँधेरे की एक और परत झरकर गिर चुकी थी और आकृतियाँ बहुत कुछ साफ नजर आने लगी थीं।

आगे-आगे सिर से पाँवों तक, लम्बे नीले चोगे पहने, और सिर पर पीले रंग के दस्तार लगाए, हाथ बाँधे, पाँच सरदार चले आ रहे थे। सभी बड़ी उम्र के, किसी की खिचड़ी दाढ़ी, किसी की रेशम जैसी सफेद दाढ़ी। उनके पीछे साज़िंदों की पाँत थी। एक के गले में ढोलक, दूसरे के गले में हारमोनियम बाजा, एक के हाथ में चमचमाते छैने तो दूसरे के हाथ में करताल। सभी गाने में मगन थे। उनके पीछे, बीस-पच्चीस यात्रियों का टोला था। कस्बे की सड़क पर, उनके कदमों से हल्की-हल्की धूल उड़ रही थी। किसी ने हाथ जोड़ रखे थे, तो किसी ने हाथ पीठ पीछे बाँध रखे थे। अधिकांश अधेड़ उम्र के लोग थे। जो जवान थे, वे अलग से हँसते-बतियाते, दाएँ-बाएँ कस्बे का जायजा लेते चले जा रहे थे।

सलीमा का सारा शरीर उत्सुकता और आशा के बीच झूल रहा था। एक घड़ी, आधी घड़ी, आधी से भी आधी, देखते-देखते टोली आगे बढ़ जाएगी। जिनके चेहरों पर उसकी आँखें लगी थीं, वे कुछ ही क्षणों में पीठ मोड़ लेंगे, और दिल में से हूक-सी निकलने लगेगी, और मन पर अवसाद छा जाएगा।

सलीमा बेगम का मन हुआ, भागकर सीढ़ियाँ उतर जाए और टोली के सामने जाकर खड़ी हो जाए और उनसे सीधे पूछे, 'बोलो सरदार जी, तुममें तो मेरा भाई नहीं है? या कोई नाती-रिश्तेदार? क्या तुम उन्हें जानते हो? क्या वे भी कभी तुम्हारे साथ मेरी खोज-खबर लेने आए हैं? हर साल, साल-दर-साल से मेरी आँखें उन्हें ढूँढ़ रही हैं।' लेकिन यह कैसे हो सकता था? खाते-पीते परिवार की पर्दादार स्त्रियाँ कब सड़कों पर नंगे पाँवों और नंगे सिर भागी हैं और वह भी अनजाने, परदेसी यात्रियों की टोली के पीछे?

अब तक यात्रियों की टोली दूर जा चुकी थी। अब वह ढक्की पार करेगी। बस्ती धीरे-धीरे पीछे छूटती जाएगी, फिर गुरुद्वारे का चमचमाता गुम्बद सामने आ जाएगा—सूर्योदय के प्रकाश में झिलमिलाता और गाते-बजाते, कीर्तन करते सरदारों की टोली गुरुद्वारे में प्रवेश कर जाएगी।

सलीमा को फिर से छलावे का-सा भास होने लगा। आज की ही बात रही हो तो कोई कहे, ऐसा उसके साथ हर साल होता रहा है। और आगे भी होता रहेगा, और वह इसी तरह रोती-बिलखती दुनिया छोड़ जाएगी—अपने बेचैन, छटपटाते दिल को झूठी ढाढ़स बँधाते हुए। मैं किस मृगमरीचिका के पीछे पागल हुई जा रही हूँ?

सहसा सलीमा के पीछे आहट हुई। उसने पलटकर देखा, पिछले कमरे की दहलीज पर सलीम खड़ा था—उसका छोटा बेटा।

"क्या है, माँ? यहाँ क्यों खड़ी हो?"

"कुछ नहीं तो! सिखों की टोली हिन्दुस्तान से आई है। वही जो हर साल आती है। उसी को देखने चली आई।"

"तुम तो रो रही हो माँ! रो क्यों रही हो?"

"मैं भला क्यों रोऊँगी? रोएँ मेरे दुश्मन...हवा में खड़ी थी न, इसीलिए...।" और सलीमा ने अपने पल्ले से आँखें पोंछ लीं, और अपनी झेंप छिपाने के लिए अपने बेटे को बाँहों में भर लिया।

"मेरा लाल बेटा जुग-जुग जिए! मैं क्यों रोऊँगी? चल अन्दर!"

और दोनों छज्जे पर से हट गए।

उस वक्त तो सलीमा अपने आँसू छिपा गई, पर उसी दिन दोपहर को वे अनायास ही फिर से झर-झर बहने लगे।

उस वक्त सलीम आँगन की दीवार पर टाँगें लटकाए, किताब हाथ में लिये कविता की पंक्तियाँ कंठ कर रहा था और आँगन के बीचोबीच बैठी उसकी माँ, सलीमा, घुटने पर कढ़ाई का कपड़ा फैलाए, उस पर मुकैश टाँक रही थी। माँ के कान बेटे की कविता पर लगे थे, इसे उसने पहले भी कई बार सुन रखा था और हर बार उसे सुनने पर उसका दिल जाने कैसा-कैसा हो आता था!

उस कविता में एक कहानी कही गई थी : एक बार, सारस पक्षियों की टोली, आकाश में उड़ती, अठखेलियाँ करती अपने घर को जा रही थी जब नीचे जमीन पर खड़े किसी शिकारी ने उन पर गोली दाग दी। बाकी सारस तो बचकर निकल गए पर एक मादा सारस घायल होकर, नीचे जमीन पर जा गिरी। और जहाँ वह गिरी, वहाँ नजदीक ही किसी साधु की कुटिया थी। साधु ने देखा तो द्रवित होकर सारस को अपनी कुटिया में ले आया और उसकी सेवा-शुश्रूषा करने लगा।

कविता की पंक्तियाँ दोहराता हुआ उसका बेटा सलीम जब उस प्रसंग तक पहुँचा जहाँ फिर से एक बार सारसों की टोली उड़ती हुई आकाश में जा रही थी, और जिसे देखकर जख्मी सारस व्याकुल होकर उन्हें सम्बोधन करती है, तो सुनती हुई सलीमा फिर से बेचैन हो उठी :

'इक रोज फिर इक काफिला
देखा कहीं जाता हुआ,
सारस ने की ऐसी सदा
जिससे कि हिल जाए जमीं,
ऐ सारसो! कह दो यहीं
तुममें तो मेरा दिल नहीं?

या तुमने देखा हो कहीं
मुद्दत से मैं हूँ मुन्तजर!'

सलीमा फिर से भावोद्वेलित हो उठी थी।

"तुम्हें कोई दुख है माँ, जो इस नज़्म को सुनकर रोने लगती हो?"

बेटे की मसें भीग रही थीं। कितना प्यारा लग रहा था सलीम! कुछ देर तक अपनी भीगी आँखों से उसके चेहरे को सहलाती रही, फिर अपने-आप ही बोल पड़ी, "आज तक जो बात तुम सबसे छिपाती रही हूँ, वह आज बता दूँगी। घर के सभी लोगों को बता दूँगी।" फिर धीरे से बोली, "मैं जनम से सिक्खणी हूँ, बेटा।"

क्षण-भर के लिए सलीम की आँखें फैल गईं, पर शीघ्र ही उसके होंठों पर हल्की-सी मुस्कान फैल गई, "तो क्या हुआ माँ? इसमें छिपाने की क्या बात है?"

माँ तनिक हैरान हुई। उसने सोचा था कि यह सुनकर बेटे को धक्का-सा लगेगा, पर ऐसा कुछ नहीं हुआ।

"जब पाकिस्तान बना तो मैं कहीं खो गई थी। मेरे माँ-बाप और सगे-सम्बन्धी बसों में चढ़कर चले गए थे। मैं भीड़ में कहीं खो गई थी। तब मैं बहुत छोटी थी।"

सलीम के होंठों पर अभी भी मुस्कान खेल रही थी। माँ, जिसके बालों में सफेद रेशे झलकने लगे हैं, कभी छोटी बच्ची भी रही होगी, रास्ता भटक जाती रही होगी।

"कहाँ खो गई थी, माँ?" सलीम ने हँसकर कहा।

"यहीं, इसी हसन अब्दाल में।"

सलीम की उत्सुकता कुछ-कुछ बढ़ने लगी थी।

"तुम लोग किस मुहल्ले में रहते थे? किस गली में?"

"मैं क्या जानूँ बेटा, किस गली में रहते थे। कभी देखूँ तो शायद पहचान लूँ।"

"तब तेरा नाम क्या था, माँ?"

"मुझे बीरो-बीरो कहते थे।"

सलीम हँस पड़ा।

"यह क्या नाम हुआ, माँ?....फिर तेरा नाम सलीमा बेगम किसने रखा?"

"मैं क्या जानूँ बेटा! जिसने पनाह दी होगी, जो मुझे अपने घर ले गया होगा, उसी ने रखा होगा।"

इस पर दोनों माँ-बेटा हँस दिये।

"तब तो तू बड़ी गुड़िया-सी रही होगी! छोटी-सी, चुलबुली-सी, गलियों में भागती फिरती होगी! बालों में रिब्बन लगाती होगी!" बेटे ने हँसकर कहा।

ढलती उम्र की माँ के चेहरे में दूर बचपन की आकृति कहीं ढूँढ़े भी नहीं मिल सकती थी। सलीम के लिए सच्चाई वही थी जो आँखों के सामने थी।

सलीमा निराश-सी होने लगी। जो बात उसके दिल को बरसों से मथ रही थी, उसके बेटे के लिए उसका कोई अर्थ नहीं रह गया था।

तो क्या अब उसका मेरे लिए भी कोई अर्थ नहीं रह गया है? मेरा सगा-सम्बन्धी कोई मिल भी जाए तो क्या होगा? मेरी जिन्दगी बदल तो नहीं जाएगी! फिर मैं यों ही रोती-मरती क्यों रहती हूँ?

पाकिस्तान बनने से पहले यह कस्बा कैसा रहा होगा, सलीम कुछ नहीं जानता था। उसके लिए इसकी कल्पना कर पाना भी कठिन था। जब हिन्दू भी यहाँ रहते थे और सिक्ख भी, तो यह कस्बा कैसा रहा होगा? हिन्दू और सिक्ख औरतें बिना मुँह-सिर ढके सड़कों पर जा रही हैं, और कहीं पर हिन्दू की दुकान है तो कहीं पर सिक्ख की और कहीं पर मुसलमान की। उसे यह सब बड़ा अनोखा-सा लगा करता था।

''पर माँ, इसमें रोने की क्या बात है? तू रो क्यों रही थी?''

माँ अपनी जगह हैरान थी कि बेटा उसके दिल के दर्द को समझ क्यों नहीं रहा है।

''हर साल जब सिक्खों की टोली गुरुद्वारे में माथा टेकने आती है तो मेरी आँखें उस टोली में अपने भाई को ढूँढ़ती रहती हैं।''

सलीम माँ के चेहरे की ओर एकटक देखे जा रहा था।

''तेरा भाई टोली में आता है?''

सलीमा ने सिर हिला दिया, ''मैं क्या जानूँ, आता है या नहीं आता! पर मेरा मन कहता है कि शायद आया हो! आखिर तो उसकी बहन यहाँ खो गई थी न!''

कहते-कहते सलीमा फिर से भावविह्वल हो उठी।

''जिस तरह मैं उसे याद करती हूँ, क्या मालूम, वह भी मुझे याद करता हो और घरवाले भी याद करते हों?''

''और बरसों से, जब भी वह टोली आती है, चिलमन के पीछे खड़ी तेरी आँखें उसे ढूँढ़ती रहती हैं?''

''हाँ, तो।''

''माँ, तू कैसी बहकी-बहकी बातें करने लगी है! सिक्खों को यहाँ से गए दसियों साल हो चुके हैं। तेरे भाई को यहाँ आना था तो वह पूछ नहीं सकता था कि उसकी बहन कहाँ रहती है?''

''वह पूछे भी तो कौन बताएगा? कोई नहीं बताएगा।'' फिर, तनिक रुककर बोली, ''क्या मालूम, आया हो? क्या मालूम, पूछा हो? उसे क्या मालूम, अब मैं कहाँ रहती हूँ?''

बात तो सलीम की समझ में कुछ-कुछ आ गई थी पर उसके पीछे उसकी माँ की बेचैनी उसकी समझ में अभी भी नहीं आई।

''तू समझती है, चिलमन के पीछे खड़ी तू उसे पहचान लेगी? तीस बरस बाद?''

सलीमा के मन में आया, उसे कह दे, 'हाँ, मेरा दिल पहचान लेगा, मेरा रोम-रोम पहचान लेगा,' पर वह कुछ बोली नहीं।

सलीमा ने एकटक बेटे की ओर देखा। बेटा ज्यादा समझदार है। वह मेरी स्थिति की विडम्बना को झट से समझ गया है, पर मैं फिर भी इस भुलावे में डूबी रहना चाहती हूँ।

इस पर सहसा ही सलीम बोल उठा, "माँ, अगर वह आज तुझे पहचान ले तो तू उसके साथ चली जाएगी?"

माँ को धक्का-सा लगा। बेटा क्या पूछ रहा है?

"हाय, मैं क्यों जाऊँगी? मेरा घर-बाहर यहाँ पर है! मेरे जिगर-जान बच्चे यहाँ पर हैं!"

"पर तू रोती जो रहती है।"

"रोती हूँ उन्हें एक नजर देख पाने के लिए।" पर सलीमा मन-ही-मन घबरा गई। यह क्या बेटे ने पूछ लिया है? बेटे को तो शक हो सकता है न। किसी को भी हो सकता है।

जैसे माँ तन्द्रा से जागी हो!

अब सलीमा के मन में दूसरी तरह की छटपटाहट शुरू हो गई। इससे तो बखेड़ा उठ खड़ा हो सकता है। घरवाले सोचेंगे, मैं यहाँ रहना नहीं चाहती हूँ। हाय, यह मैं क्या कर बैठी? मैंने क्यों सलीम को दिल की बात बता दी?

"तुम्हें ढूँढ़ने कोई आया भी होगा तो शुरू-शुरू में आया होगा, अब कौन आएगा? बेकार में मत रो, माँ!"

सलीमा कुछ देर तक चुप रही, फिर धीरे से बोली, "उनके छैने-करताल सुनकर मेरा दिल कैसा हो आता है! यह मैं छोटी-सी थी तब सुना करती थी। और कोई बात नहीं।"

पर सलीम, हैरान-सा, अभी भी माँ के चेहरे की ओर देखे जा रहा था। उसके लिए यह समझ पाना बड़ा कठिन था कि किन बारीक अदृश्य तन्तुओं से हम अपने अतीत के साथ जुड़े रहते हैं। बरसों बीत जाने पर भी, और जानते-समझते हुए भी सलीमा अपने को उससे छुड़ा नहीं पाती।

कौन जाने, इसका भाई जीता भी है या मर-खप गया है? माँ की अपनी जवानी ढल रही है, वह तो जरूर बूढ़ा हो चुका होगा! उसके झुर्रियों-भरे चेहरे में इसे अपना भाई नजर आ जाएगा?

सलीम अभी भी माँ के चेहरे की ओर देखे जा रहा था। माँ से उसे बड़ा प्यार था। परिवार के सभी लोग माँ से बड़ा प्यार करते थे। माँ सभी को दुलारती थी। आज माँ ने उसे ऐसी भेद की बात बताई थी जिसे वह अपने भाई-बहनों को इठला-इठलाकर सुना सकता था। किसी को क्या मालूम कि वह जनम से सिक्खणी थी। मेरे भाइयों को भी तो मालूम नहीं होगा, पर अब्बाजान को तो मालूम होगा। हमारी फूफियाँ भी जानती होंगी, पर हमें तो आज तक किसी ने नहीं बताया!

शाम के साये उतरने लगे थे जब फिर से छैने-करताल बजने की आवाज सुनाई दी। टोली लौट रही थी, स्टेशन की ओर जा रही थी। पर अबकी बार सलीमा नहीं उठी। उसके मन को दूसरी ही चुभन परेशान करने लगी थी। जो कुछ मैं करती रही हूँ, निपट बेवकूफी थी। इससे बखेड़ा उठ खड़ा हो सकता है। भावना के जिस कच्चे धागे से बँधी मैं बरसों से झूल रही थी, वह निपट पागलपन था, इसमें कोई सार नहीं था।

यात्रियों की टोली जैसे धूल उड़ाती आई थी, वैसे ही धूल उड़ाती लौट गई।

सलीमा के मन में अतीत की यादों के अनगिनत टुकड़े जैसे बिखरे पड़े थे। कभी कोई उभरकर सामने आ जाता, कभी कोई। कुछ देर के लिए सामने आता तो बड़ा मनमोहक लगता, पर फिर कहीं डूब जाता। इन बिखरे टुकड़ों का अस्तित्व केवल उसके मन में था। मन में भी वे छायामात्र थे। अजीब बात है, जिनका कोई अस्तित्व नहीं, जो अपनी सारी सार्थकता खो चुके थे, वे भी सलीमा को इतना बेचैन कर सकते थे, करते रहे थे।

यात्री लौट गए। सलीमा धीरे-धीरे फिर से भावनाओं के भँवर में से निकल आई। धीरे-धीरे दूर बचपन के सगे-सम्बन्धी अतीत के धुँधलके में फिर से खो गए और सलीम, महमूद, रफीक और बिटिया मकसूदा जैसे भागते हुए आए और अपनी माँ को घेर लिया। मकसूदा तो सीधा माँ की गोद में आ बैठती थी।...भरे-पूरे घर में वह हर तरह सन्तुष्ट थी। दिन बीतने लगे, सलीमा का दिल ठिकाने आ गया, वह फिर से हँसने-बोलने लगी।

बेटे अपने-अपने कारोबार में लगे रहते। छोटा बेटा सलीम अपने इम्तहान की तैयारी में लग गया। एक भाई काबुल से व्यापार करता था—मेवे, किशमिश मँगवाता था। मँझला खेती-बाड़ी देखता था। इम्तहानों के बाद सलीम कभी भाई के साथ काबुल चला जाता, कभी लाहौर जा पहुँचता। सभी अपने-अपने काम में उलझे रहते। सलीमा अपनी बेटी के विवाह की तैयारी में व्यस्त हो गई। दिन-महीने बीतते पता ही नहीं चला।

अबकी बार जब बैसाख महीने में सिक्ख यात्रियों का टोला आया तो बेटों में से कोई भी घर पर नहीं था। सलीमा के पति तो पहले ही रेलवे की नौकरी में कभी एक स्टेशन तो कभी दूसरे स्टेशन पर रहते थे। केवल गाहे-बगाहे ही घर पर आते।

अबकी बार फिर टोला आया, वैसे ही छैने-करतालें बजाता, सलीमा की नींद में रस घोलता। अबकी बार भी सलीमा उनींदे में पुलक-पुलक गई। पर उसने करवट बदल ली। कहीं मन में बात बैठ गई थी कि अतीत के रिश्तों का मात्र एक छलावा-सा रह गया है, वे अपना सार कब से खो बैठे हैं। उनसे चिपटे रहने से कोई लाभ नहीं और इससे घरवालों के दिल में शक और शुब्हा उठ सकते हैं।

पर जब छैने-करतालों की आवाज घर के ऐन निकट पहुँची तो सलीमा फिर से उठ बैठी, छज्जे पर जा पहुँची, और चिलमन के पीछे खड़ी बरसों से जाना-पहचाना दृश्य फिर से देखने लगी।

प्रभातवेला के झुटपुटे में फिर से चाँदी घुलने लगी थी जब टोला छज्जे के निकट पहुँच रहा था। नीले वस्त्रों से सज्जित निहंगों की टोली, वही पीले रंग के दस्तार सिर पर बाँधे आगे-आगे चली आ रही थी। उसके पीछे वही गानमंडली, ढोलक, हारमोनियम, छैने-करतालों से लैस। पर यह क्या? सड़क के किनारे-किनारे सरदारों की टोली के साथ-साथ उसका बेटा सलीम चला आ रहा था, धीरे-धीरे चलता हुआ, टोली के ही किसी ऊँचे-लम्बे, वयोवृद्ध सरदार के साथ बतियाता हुआ।

यह वहाँ क्या कर रहा है? अनायास ही सलीमा का दिल धक्-धक् करने लगा। वह सिर से पाँव तक झन्ना उठी। सलीम किसके साथ बातें कर रहा है? यह ऊँचा-लम्बा सरदार कौन है?

कुछ ही देर बाद, छज्जे के नीचे, बाहर खुलनेवाली बैठक में घर-परिवार के लोग बैठे थे। न जाने तीनों भाई कहाँ से पहुँच गए थे—बड़े बेटे की बहू और छोटी मकसूदा भी और घर के और लोग। एक ओर को कुर्सी पर अधेड़ उम्र का मुदब्बर-सा दिखनेवाला सरदार, एक तरफ से दबी हुई पगड़ी, नीची नजर किए चुपचाप बैठा था।

सलीमा के अन्दर आने पर सरदार की नजरें ऊपर को उठीं। वह उठ खड़ा हुआ, उसकी आँखें सलीमा के चेहरे पर लगी थीं जबकि परिवार के लोगों की आँखें सरदार पर लगी थीं कि कब उसकी आँखों में पहचान की चमक आएगी। पर उसे अधेड़ उम्र की औरत में नन्ही बीरो के नाक-नक्श ढूँढ़े को भी नहीं मिल रहे थे। दूर-पार की झलक भी नहीं मिल रही थी।

यही स्थिति सलीमा की भी थी।

सलीमा जब बैठ गई तो सरदार हाथ बाँधकर बोला, "हम भी यहीं के रहनेवाले हैं जी। बँटवारे के समय मेरी छोटी बहन जरूर खो गई थी, हमने बहुत ढूँढ़ा भी, हिन्दुस्तान से भी ढूँढ़ने आए थे, पर वह नहीं मिली। मेरा नाम कुलबीर सिंह है जी, मेरी छोटी बहन, जो खो गई थी, उसका नाम कुलवंत था।"

इस पर सलीम झट से बोला, "पर माँ, आप तो कहती थीं, आपका नाम बीरो था?"

"हाँ तो।" सलीमा ने उत्तर दिया।

"कई घरों में 'बीरो' कहकर बुलाते हैं जी," सरदार बोला, "हम भी अपनी बहन को बीरो ही कहकर बुलाते थे। हम यहाँ से थोड़ी दूर पिछवाड़े के एक मुहल्ले

में रहते थे,'' फिर हाथ बाँधते हुए उसने सलीमा से पूछा, ''आप अपना अता-पता बताओ जी। आपके पिता का नाम?''

''दार जी!'' सलीमा ने झट से कहा।

सरदार मुस्करा दिया।

''यह तो कोई नाम न हुआ जी। सिक्खों के घरों में तो पिता को दार जी ही कहकर बुलाते हैं। भाई का नाम?''

''वीर जी!''

सरदार फिर मुस्करा दिया, ''सिक्खों में बड़े भाई को वीर जी ही कहकर बुलाते हैं। अपने घर का कुछ अता-पता बताओ जी?''

पर सलीमा को न तो अपने मुहल्ले का नाम मालूम था, न अपनी गली का।

''वहाँ गली के सिरे पर पत्थर की बुत्ती थी, और साथवाले घर में हरे रंग के दरवाजे-खिड़कियाँ थीं। एक शीशा टूटा हुआ था।...हमारे घर के बाहर भैंस बँधी रहती थी और वहीं कहीं मैदान में एक पेड़ था...''

देर तक अता-पता ढूँढ़ने पर भी कोई बात पकड़ में नहीं आ रही थी। उधर दोपहर ढलने लगी थी, और कुछ ही देर में यात्रियों की टोली फिर से छैने-करताल बजाती लौटने लगेगी। अधेड़ उम्र का सरदार शंकित-सा हो उठा और कुछ-कुछ बेचैन होने लगा। घंटे-भर में साँझ हो जाएगी। अपनी टोली के साथ निकल जाने में ही बेहतरी है। मैं यहाँ क्योंकर चला आया? इस लड़के की बातों में आ गया।

दोनों की आँखों में दूरी उतर आई थी। सलीमा समझे बैठी थी कि भाई पर नजर पड़ते ही उसका रोम-रोम खिल उठेगा और वह झट से उसे पहचान लेगी, पर यहाँ रगों में हरकत तक नहीं हुई। दो अजनबियों की तरह वे एक-दूसरे के सामने बैठे थे।

तभी गुरुद्वारे की ओर से छैने-करताल बजने की आवाजें आने लगीं। सरदार ने चैन की साँस ली और उठ खड़ा हुआ।

''मुझे तो कुछ भी याद नहीं पड़ता जी। इन्हें कुछ याद हो तो बताएँ।''

सरदार उठ खड़ा हुआ। तनिक झुके हुए कन्धे, माथा रेखाओं से अटा हुआ। सलीमा सोच रही थी, मेरे वीर जी का चेहरा तो कैसा दमकता था। वह तो कभी पेड़ों पर चढ़ता, कभी छलाँगें लगाता, चलता तो भी कुलाँचें भरता हुआ।

उधर सरदार भी सोच रहा था, कहाँ उसकी छोटी-सी चुलबुली बहन बीरो और कहाँ यह ढलती उम्र की महिला, जिसके चेहरे की मांसपेशियाँ ढीली पड़ रही हैं।

सरदार ने सलीम को सम्बोधन करते हुए कहा, ''बरखुरदार, तुम्हें मुगालता हुआ है। मेरी बहन तो जरूर गलियों में खो गई थी पर अब वह न जाने कहाँ है?'' और बाहर चलने को हुआ।

सलीमा को इस बात का कटु अहसास होने लगा था कि अतीत का दामन पकड़े रहने से धूल-मिट्टी ही हाथ लगी है, मानो एक विकराल सत्य उसकी आँखों के सामने खुलने लगा था।

यात्रियों की टोली छैने-करताल बजाती और निकट पहुँच गई थी। सरदार ने सड़क की ओर खुलनेवाले दरवाजे का रुख किया। सलीमा की ओर उसने पीठ मोड़ी ही थी जब सलीमा झट से बोली, "जरा रुको, सरदार जी!" सहसा ही सलीमा के मुँह से निकला।

सरदार रुक गया।

"एक बात पूछूँ?"

"कहो, बहन।"

"कभी बचपन में आप पेड़ पर से गिरे थे? हमारे घर के पीछे मैदान में एक पेड़ था। उस पर मेरे वीर जी बहुत चढ़ते थे।"

"गाँव में, बहन जी, सभी लड़के पेड़ों पर चढ़ते हैं। मैं भी चढ़ता रहता था।"

सलीमा झेंप गई। पर बचपन के दिनों का एक दृश्य उसकी आँखों के सामने घूम रहा था।

"एक बार मेरे वीर जी पेड़ पर से गिरे थे और उनका पैर नीचे पड़ी किसी चीज से कट गया था। बहुत खून बहा था। घरवालों ने मेरी चुन्नी फाड़कर उनका जख्म बाँधा था। मुझे याद है। बहुत खून बहा था।"

सरदार ठिठक गया। उसकी आँखें फैल गईं।

वह बैठक में लौट आया और कुर्सी पर बैठकर अपनी दाईं टाँग पर से सलवार का पायँचा ऊपर को उठाया। टखने के ऊपर जख्म का निशान, एक उभरी हुई रेखा-सा, सचमुच मौजूद था।

"यह तो ठीक है। बीरो की चुन्नी फाड़कर घरवालों ने पट्टी बाँधी थी।"

सरदार की आँखों में एक चमक-सी आई। वह मुस्कराया और सलीमा की ओर देखने लगा।

"हमारे घर में एक ताँगा भी था।" सलीमा कह रही थी, "उस पर बैठकर हम लोग बाहर झलारों पर जाया करते थे।"

सलीमा के दिल में अकुलाहट-सी हुई। पर उसका मन अभी भी उस वयोवृद्ध सरदार को अपना भाई कबूलने पर तैयार नहीं था, पर उसकी पिंडली पर खिंची पीली-सी रेखा दिल को बुरी तरह कुरेदने लगी थी। उसकी आँखें कभी ऊँचे-लम्बे सरदार की ओर उठतीं, कभी पलकें झुक जातीं।

तभी उसके कानों में निकट आती छैने-करतालों की ध्वनियाँ पड़ने लगीं। उन्हें सुनते हुए उसका मन फिर से बेचैन होने लगा।

यात्रियों की टोली घर के निकट आ पहुँची थी। सरदार फिर से उठ खड़ा हुआ। उसके मन में संशय अभी भी बना हुआ था। वह उसकी आँखों के सामने पेड़ पर से गिरनेवाला दृश्य भी सजीव होकर उभर आया था। संशय की जकड़न अभी भी ढीली नहीं हो पाई थी।

सरदार ने हाथ जोड़ दिये।

''अब तो चलूँगा बहन जी, पर अगर मेरी बहन मुझे मिल गई है तो मेरे धन्न भाग! बरसों का बिछोड़ा...'' कहते हुए उसकी आँखें छलक आईं।

सलीमा भी उद्वेलित महसूस कर रही थी पर अपने को संयत किए हुए थी। अन्दर से उसकी रग अभी तक नहीं फड़की थी। मन में अकुलाहट थी, पर साथ ही साथ यह विचार भी उठ रहा था कि क्या मालूम, यह सब झूठ ही निकले! क्या मालूम, यह भी सपना ही निकले!

लगभग छह महीने के बाद सलीमा और उसके परिवार के लगभग सभी सदस्य रेलगाड़ी में बैठे हँस-बतिया रहे थे। कुलबीर वीर जी का आग्रह था कि सभी लोग अमृतसर पहुँचेंगे। डिब्बे की सीटों के नीचे फलों, मिठाइयों के टोकरे रखे थे। दो बक्से उपहारों से भरे थे। सलीमा अपने हाथ से फुलकारी बनाकर लाई थी। रेलगाड़ी के डिब्बे में मेले का-सा समाँ था। लड़कियाँ हिन्दुस्तान देखने के लिए बेताब थीं।

कुलबीर वीर जी की छोटी बेटी की शादी थी।

''मैं तो शादी के बाद सीधा अजमेर शरीफ की जियारत करने जाऊँगा।'' मँझला बेटा कह रहा था, ''और वहाँ से सीधा आगरा।''

सभी अपने-अपने कार्यक्रम बना रहे थे।

एक ओर को सलीमा की बगल में बैठा सलीम, अपनी माँ को सुना रहा था कि उसने कैसे अपने 'मामाजी' को ढूँढ़ निकाला था, कहाँ-कहाँ गया था।

''माँ, तुम मानोगी नहीं, मुझे इनका पता अचानक ही मिल गया। मैं एक बस में बैठा था। मेरी बगल में एक बूढ़े सरदार जी बैठे थे। मैंने अचानक ही उनसे पूछ लिया कि कभी वह हसन अब्दाल (पंजा साहिब) की यात्रा पर गए हैं? वह पंजा साहिब की यात्रा पर तो नहीं गए थे, पर वह पासवाले कस्बे के रहनेवाले थे। तुम मानोगी नहीं, मैं इतना थक गया था कि दूसरे दिन घर लौटनेवाला था। उन बूढ़े सरदार जी ने कुलबीर मामाजी का पता बताया। कहने लगा, उनकी बहन खो गई थी। कुलबीर का बाप और मैं एक ही स्कूल में पढ़े हैं। तू उससे मिल ले। क्या मालूम, उसकी बहन ही तुम्हारी माँ हो!''

सलीम सुनाए जा रहा था, और उसकी माँ की आँखें उसके चेहरे को सहला रही थीं।

कथा-समय

उनमें से एक, जो लुआंडा से आया था, कद का छोटा और दुबला-सा था और मुँह पर खस-सी दाढ़ी थी। कहीं पर पढ़ाता भी था। रात के वक्त कुछेक घरों में जाकर बच्चों को पढ़ाता था और दिन के वक्त पुलिस से छिपता-फिरता था। दूसरा, मोजम्बीक से आया था, पर रहनेवाला दक्षिण अफ्रीका का था। दोनों की बड़ी बेमेल-सी जोड़ी थी। एक ऊँचा-लम्बा, चौड़ी छाती, देखने में बॉक्सर लगता था; दूसरा, कद में उससे आधा रहा होगा और दूर से देखो तो उसका बेटा नजर आता था।

मुझे ठीक याद नहीं कि हमारे बीच वार्तालाप कैसे शुरू हुई थी और कैसे लुआंडावाला लड़का, एक के बाद एक किस्सा सुनाने लगा था। हँसमुख, चंचल-स्वभाव, गप्प लड़ाने का शौकीन, वह राह जाते को पकड़कर अपना श्रोता बना सकता था।

जब वह दो-एक किस्से सुना चुका तो मुझसे न रहा गया, ''विदेशियों ने तुम्हारे देश की छाती में अपने पंजे गाड़ रखे हैं। उनके पास धन है, बेपनाह पूँजी है, असला है, सभी पाश्चात्य देश उनकी पीठ पर हैं। तुम्हारे ये इक्का-दुक्का जोखिम-भरे कारनामे कितने दिन तक चलेंगे ?''

उसने मेरी ओर देखा और मुस्कराने लगा, ऐसी खुली मुस्कान कि उसकी पूरी बत्तीसी नजर आ गई—लम्बे-लम्बे दाँत और उसके ऊपर लाल-लाल मसूड़े। कहने लगा, ''दक्षिण अफ्रीका का हमारा एक साथी, जोहांसबर्ग में रहता था। अक्सर वह लुक-छिपकर, सीमा पार करके हमारे पास आ जाया करता था—कभी चंदा उगाहने, कभी ट्रेनिंग लेने के लिए। एक बार आया तो उसके पीछे उसके घर को बम से उड़ा दिया गया। उसकी पत्नी उसी में खत्म हो गई थी। पत्नी की लाश ठिकाने लगाने के लिए जब वह लौटकर गया तो पुलिस ने उसे दबोच लिया। अब जेल में बैठा है...।''

''यही तो मैं कहता हूँ। तुम्हारे ये जोखिम-भरे कारनामे तुम्हें ज्यादा दूर तक नहीं ले जा पाएँगे—सुनने में भले ही बड़े रोमांटिक लगते हों! तुम्हारे लोग मरते रहेंगे और बने-बनाएगा कुछ नहीं।...''

उसके चेहरे के भाव से लगा, जैसे वह मेरी बात समझ नहीं पा रहा है।

''इससे हाकिमों का क्या बिगड़नेवाला है? जरूरत तो इस बात की है कि सरकार पर दबाव पड़े...'' कहते हुए मैं तनिक रुक गया।

मैं ऐसे देश में से गया था जहाँ बुद्धिजीवी उत्तरोत्तर मोहभंग की बात करने लगे थे और इस तरह की दु:साहसिक कार्रवाइयों को अटपटा और निरर्थक मानने लगे थे। यहाँ तक कि उनकी खिल्ली तक उड़ाने लगे थे। इस तरह की कार्रवाइयों को पिछड़ेपन की निशानी माना जाने लगा था, और सभी संघर्ष सिमटकर व्यक्ति के निजी संघर्ष पर केन्द्रित होने लगे थे। इस तरह की कुर्बानी का कोई मतलब नहीं रह गया था। इसमें उन्हें बचकानापन-सा नजर आने लगा था। उसकी ओर देखते हुए मुझे उसके पिछड़ेपन का भी एहसास होने लगा था।

मैंने मुस्कराकर बड़प्पन के-से अंदाज में जोड़ा, ''जवानी रोमांटिक होती है, दु:साहसिक कारनामों में यथार्थ के लिए तर्क खोजती रहती है। पर इन सब कुर्बानियों के बावजूद दुश्मन का बाल भी बाँका नहीं हो पाता...।''

उसने फिर से मेरी ओर ऐसी नजर से देखा मानो उसे भी लगने लगा हो, जैसे मेरी सूझ और उसकी सूझ में तालमेल नहीं बैठ रहा हो। वह पहले की तुलना में अधिक संयत स्वर में मुझे समझाते हुए बोला, ''अब हमारे लोगों में मौत का भय नहीं रह गया है। उन्हें अब मरने से डर नहीं लगता। क्या यह छोटी-सी बात है?'' उसकी आवाज में उत्तेजना का पुट मिलने लगा था, ''उस दिन खान मजदूरों की रैली हुई। स्टेडियम में रैली करने का प्रोग्राम था, पर मजदूर स्टेडियम में पहुँचे तो स्टेडियम के सभी दरवाजे बन्द! और जगह-जगह बन्दूकधारी पुलिस के सिपाही तैनात! मुँह में से एक शब्द भी निकले तो गोली चला दें। ऐसा दहशत-भरा माहौल था। पर रैली हुई, और खूब हुई! मजदूर स्टेडियम के बाहर इकट्ठा होने लगे। जितने स्टेडियम के अन्दर जुटते, उससे दुगुने स्टेडियम के बाहर जुट गए। नाच और गाना और नारे तथा गीत शुरू हो गए।'' कहते हुए वह स्वयं झूम उठा, उसका सिर हिलने लगा, मानो नाचते-गाते मजदूरों का दृश्य उसकी आँखों के सामने उभर आया हो!

वह फिर मुस्कराया—खिली-खिली उत्साहजनित मुस्कराहट। उसके लाल-लाल मसूड़े फिर चमक उठे। उसे यों आत्मविश्वास और अदम्य उत्साह में मुस्कराता देख मुझे फिर से अटपटा लगा, कुछ-कुछ उसके पिछड़ेपन में दयनीय-सा। पर वह उस रैली को याद करके बेसुध-सा हो रहा था।

''उस रैली में एक आदमी आया। कोई फौजी था, वर्दी डाटे हुए और कन्धे पर बन्दूक उठाए हुए। लोगों की भीड़ के अन्दर घुस आया और अपना रास्ता बनाता हुआ सीधा मंच तक जा पहुँचा। ज्यों-ज्यों लोगों की नजर उस पर गई, वे चुप होते गए। यह कौन है? यहाँ क्यों आया है? क्या करने आया है?

"वह मंच के ऊपर चढ़ गया और अपनी बन्दूक मेज पर रख दी और अपनी वर्दी उतारने लगा। पहले टोपी, फिर ट्यूनिक, फिर पतलून। एक-एक चीज उतारकर मंच पर फेंकता गया।...जब वर्दी उतार दी तो अपने दोनों हाथ फैलाकर लोगों के सामने आकर खड़ा हो गया।

"तुम चाहो तो मुझे मार डालो। मेरी छाती हाजिर है। मेरी बन्दूक से ही मुझे मार डालो। मैं कुछ नहीं कहूँगा। मैं सी तक नहीं करूँगा। मैंने फौज की वर्दी उतारकर फेंक दी है। अब मैं फौजी नहीं हूँ। अब मैं आप लोगों का दुश्मन नहीं हूँ। पर तुम चाहो तो मुझे मार डालो... ।"

कहते हुए नाटा चुप हो गया।

फिर भाव-विह्वल आवाज में मेरी ओर देखकर बोला, "जंगल को जब एक बार आग लग जाए तो किसी के बुझाए नहीं बुझती... ।" और बिना कुछ कहे, उठकर बाहर निकल गया।

उसके यों चले जाने पर उसके साथी को तनिक झेंप हुई, पर वह भी निःसहायता में अपने कन्धे झटककर उठ खड़ा हुआ और उसके पीछे-पीछे बाहर चला गया।

उसके यों उठ जाने पर मुझे कोफ्त हुई, कुछ अपने पर गुस्सा आया कि मैं क्यों अपनी ओर से टिप्पणी करता रहा। उसे कहने देता जो कहता था, चुपचाप सुनता रहता। विदेश-यात्रा में तीन दिन का सेमिनार बीतते देर नहीं लगती। सेमिनार में तो सभी तर्क झाड़ते हैं, तकरीरें करते हैं। यह तो दिल की बात कहता था और अपने अनुभव सुना रहा था। ऐसे लोग मिलते ही कहाँ हैं! उससे ढेरों बातों का पता चलता। मैं यहाँ सुनने-समझने के लिए आया हूँ, दुनिया को रास्ता दिखाने तो नहीं आया हूँ।....मन में बड़ी कोफ्त हुई। घड़ी-दो घड़ी की ही तो बात होती है। अब वह कहाँ पकड़ाई देगा? कल सेमिनार खत्म होगा। कल रात नहीं तो परसों सुबह तक सब लोग बिखर जाएँगे। सब अपने-अपने रास्ते निकल जाएँगे। वह बोत्सवाना जा पहुँचेगा, मैं दिल्ली लौट जाऊँगा, मोजम्बीक वाला मोजम्बीक... ।

जितनी देर सेमिनार रहा, वह फिर नजर नहीं आया—न वह, न उसका साथी। और शीघ्र ही मेरी रवानगी का दिन आ गया। मुझे जहाज का टिकट मिल गया, पर सीधा नहीं, लुआंडा के रास्ते। घंटे-भर की उड़ान के बाद लुआंडा जा पहुँचूँगा और वहाँ से चारेक घंटे के इन्तजार के बाद दूसरा जहाज मिलेगा।

पर मैं जहाज में अपनी सीट पर बैठा ही था कि क्या देखता हूँ, वह मेरे साथ वाली सीट पर पहले से बैठा था! उसे भी उसी जहाज पर लुआंडा के रास्तेवाला टिकट मिला था।

सिगरेट सुलगाते हुए मैंने सीधे ही उससे पूछा, "तुमने अपने बारे में तो कुछ बताया ही नहीं? कुछ अपने बारे में भी तो बताओ!"

उसने टेढ़ी-सी आँख से मेरी ओर देखा और कुछ सतर्क-सा हो गया, मानो पूछ रहा हो कि तुम्हें मेरे निजी जीवन में क्योंकर दिलचस्पी होने लगी!

मैंने मन-ही-मन कहा—लो, मैं फिर भूल कर बैठा। गलत सवाल पूछ बैठा।

"मैं पत्रकार हूँ। थोड़ा-बहुत लिखता भी हूँ। बस, इतना ही।" उसने संक्षेप में कहा और इत्मीनान से बैठकर सिगरेट के कश लगाने लगा।

"तुम एलेक्स को जानते हो?" मैंने पूछा।

"कौन एलेक्स? वह उपन्यासकार?"

"हाँ, वही।"

"एलेक्स!" उसने कहा और सहसा ही उसके चेहरे पर फिर से मुस्कान फैल गई। फिर उसने जोर का ठहाका लगाया और बोला, "उससे मैंने बहुत कुछ सीखा है। कितने ही गुर सीखे हैं।" और बच्चों की तरह किलकारी भरकर कहने लगा, "एक दिन मैं अखबार के दफ्तर में बैठा काम कर रहा था।...मैं तो अन्दर मेज पर बैठा था, जबकि दफ्तर के बाहर खुफिया पुलिस के तीन सिपाही मेरी चौकसी कर रहे थे, मुझ पर नजर रखे हुए थे।

"थोड़ी देर बाद, मैं धीरे से मेज पर से उठा, दफ्तर के बाहर आया और सड़क पार करके एक दुकान पर गया जहाँ कॉफी मिलती थी। मैंने मुड़कर देखा तो एक पुलिसमैन मेरे पीछे-पीछे चला आ रहा था। मैंने कॉफी का प्याला हाथ में लिया और चलता हुआ सड़क पार करके दफ्तर में लौट आया। कुर्सी पर बैठकर मैंने कॉफी की एक चुस्की ली और फिर से उठकर बाहर निकल गया। पुलिसमैन फिर मेरे पीछे आया। मैंने दुकान में से एक सैंडविच लिया और उसे हाथ में उठाए हुए दफ्तर में लौट आया, कुर्सी पर बैठकर सैंडविच का एकाध टुकड़ा मुँह में रखा, एक घूँट कॉफी पी, फिर जेब में से सिगरेट की डिबिया टटोलने लगा। पर सिगरेट नहीं थी। मैं फिर से उठा, बाहर निकला और दुकान पर जाकर एक सिगरेट खरीदी और लौट आया। सिगरेट को मैंने मेज पर रखा और उन्हीं कदमों में मैं फिर बाहर निकल गया और दुकान की ओर बढ़ने लगा। अबकी बार पुलिसमैन मेरे पीछे-पीछे नहीं आया था और अबकी बार मैं लपककर दुकान के पिछवाड़े जा पहुँचा और उसी क्षण सिर पर पाँव रखकर भागा। मकानों के दूसरे ब्लॉक के पीछे एक मोटरगाड़ी, पहले से खड़ी मेरी राह देख रही थी। मैं उसमें कूदकर चढ़ बैठा और मोटर बोत्सवाना की ओर भागने लगी..." कहते हुए उसने बच्चों की तरह ताली बजाई।

फिर से मुस्कान उसके चेहरे पर फैल गई, उसके मसूड़े चमक उठे।

और वह चहककर बोला, "यह गुर मैंने एलेक्स से सीखा था। लगभग छह महीने तक वह अकेली कोठरी 'सॉलिटेरी कनफाइनमेंट' में रहा था। उसे अधिकारियों ने बहुत परेशान किया।

"जानते हो, उसने वह नॉवल कैसे लिखा? उन दिनों वह नजरबन्द था—अपने घर के अन्दर नजरबन्द था। घर के बाहर नहीं निकल सकता था। घर के बाहर खुफिया पुलिस के सिपाही तैनात रहते थे। इसके लिए उसने अपना एक ढंग खोज निकाला था। वह क्या करता, मेज पर बैठा अपना नॉवल लिखता रहता। जब एक पन्ना लिख चुकता तो चुपचाप मेज पर से उठता और लिखा हुआ पन्ना लेकर गुसलखाने में चला जाता। वहाँ उसने दीवार में से दो ईंटें निकाल रखी थीं। वह ईंटें निकालकर पन्ने को उस रूफे में डाल देता और ईंटों को वापस दीवार में लगा देता और फिर लौटकर नॉवल का अगला पन्ना लिखने लगता। एक-एक पन्ना लिखता और छिपा देता ताकि अगर पुलिस छापा मारे तो नॉवल का एक ही पन्ना उसके हाथ लगे, शेष नॉवल बच जाए।...उसने सारा नॉवल लिख डाला। और उसकी पांडुलिपि वहाँ से मैंने उठा ली...।" कहते हुए वह ठहाका मारकर हँसा, "क्यों? इसमें मुश्किल क्या था? मैं जमादार बनकर संडास साफ करने गया कमोड में और पांडुलिपि उठा लाया। पुलिस को तब पता चला जब किताब विदेश से छपकर आ गई। जब पुलिस ने छापा मारा, पर एक ही पन्ना पुलिस के हाथ लगा, वही जो एलेक्स उस समय लिख रहा था..."

मैंने उस नॉवल की चर्चा सुन रखी थी। कितने ही संस्करण उसके निकल चुके थे।

उसने अपने बैग की ओर हाथ बढ़ाया। मैंने सोचा, सिगरेट की डिबिया ढूँढ़ रहा है। मैंने अपनी डिबिया में से सिगरेट उसकी ओर बढ़ाई। पर वह फिर भी बैग में हाथ डाले रहा। बैग में किताबें थीं। कपड़े, टॉयलेट का सामान, सभी कुछ भरा था। कुछ देर बाद वह एक पत्रिका निकाल लाया।

"यह हमारी पत्रिका का दूसरा अंक है। इसे हम मुख्यत: साहित्यिक-सांस्कृतिक पत्रिका के रूप में निकालेंगे।" पत्रिका की प्रति मेरे हाथ में देते हुए वह बोला, "इसका तीसरा अंक तैयार करने के लिए मैं लुआंडा में तीन-चार दिन तक रुकूँगा। वहाँ बहुत-सी सामग्री मिल जाएगी। फिर वहाँ से निकल जाऊँगा।" फिर पत्रिका की ओर इशारा करते हुए वह कहने लगा, "इस अंक में एक लम्बी रपट है। एक गाँव के बारे में। वह मैंने लिखी थी...।" कहते हुए वह फिर हँसने लगा।

मैं समझ गया कि अपनी बालसुलभ उत्सुकतावश वह उसका किस्सा भी सुनाना चाहता है।

"उत्तर-पूर्व के हमारे एक गाँव में सरकार के खिलाफ आन्दोलन चल रहा था। प्रशासन ने गाँव खाली करवाने का फैसला कर रखा था, जबकि गाँववाले धरना दिये बैठे थे कि गाँव से नहीं निकलेंगे। रोज उन पर लाठियाँ चलतीं। अधिकारी गाँववालों को हाँककर घरों के बाहर ले जाते, घंटों कड़ी धूप में बैठाए रखते—न पानी, न रोटी, न सिर पर साया। जब भी वे उन पर लाठियाँ बरसाते तो गाँववाले उठ-उठकर नाचने लगते, गीत गाने लगते, मुट्ठियाँ भींचकर नारे लगाने लगते।

''और गाँव के बाहर इसकी किसी को खबर तक नहीं थी। पर अन्त में जब सरकार ने मामले को अदालत में ले जाने का फैसला किया तो बाहर के लोगों को इसकी भनक पड़ गई। तभी मेरी पत्रिका ने मुझे गाँव में भेजा कि जाओ और रपट तैयार करके ले आओ। मैं चल पड़ा। पर सवाल तो यह था कि मैं अदालत के अन्दर जा पाऊँगा तभी तो रपट लिख पाऊँगा। और मुझे कौन अदालत में घुसने देगा?

''मैं रात के वक्त गाँव में दाखिल हुआ। दिनभर मैं पास के जंगल में छिपा बैठा रहा था। गाँववालों से जाकर मिला तो पता चला कि अदालत में हर परिवार में से केवल एक आदमी—परिवार का मुखिया—अदालत के अन्दर जा सकता है। और कोई नहीं जा सकता।

''पर मुझे तो जाना था। हर हालत में अदालत के अन्दर पहुँचना था। मुझे रपट लिखनी थी...।''

कहते-कहते वह फिर बच्चों की तरह हँसने लगा।

''गाँव के लोग सोच में पड़ गए कि यह कैसे हो? तभी गाँव का एक बूढ़ा बुजुर्ग बोला, 'इसे रात-भर चलाओ। तब यह अदालत में घुस सकेगा।' क्या मतलब? बात मेरी समझ में नहीं आई, पर गाँववालों ने सहमति में सिर हिलाया और मुझे सचमुच बाहर ले जाकर धूलभरी सड़क पर चलाने लगे। और रात-भर मुझे चलाते रहे...''

''वह किसलिए?'' मैंने पूछा।

''रात-भर चलाते रहे ताकि सिर से पैर तक मुझ पर धूल-मिट्टी की परत चढ़ जाए ताकि मुझे कोई पहचान नहीं सके। पर फिर, दूसरे दिन...'' वह हँसकर बोला, ''जब मैं गाँव के दस-पन्द्रह लोगों के साथ अदालत में दाखिल हो रहा था तो मुझे रोक लिया गया...।''

''क्यों? क्या तुम पहचान लिये गए थे?''

''नहीं, इसलिए कि मैं बहुत छोटा लग रहा था। मुझे बच्चा समझकर रोक लिया गया। 'तुम अन्दर नहीं जा सकते,' कहते हुए पुलिस अफसर ने मुझे रोक लिया। इस पर गाँव के उसी बुजुर्ग ने झट से कहा, 'तुम्हें यह छोटा नजर आता है? क्या यह छोटा है? यह तो ब्याहा हुआ है। मेरा दामाद है, इसकी तो एक बच्ची भी है,' कहते हुए और हँसते हुए मुझे धकेलकर अदालत के अन्दर कर दिया।''

''तुम्हें किसी ने पहचाना नहीं?''

''पहचानते कैसे? धूल-मिट्टी के कारण तो मैं भूत-का-भूत बना हुआ था। मैं अदालत के अन्दर ही नहीं पहुँचा, पूरे पाँच दिन तक रोज जाता रहा और ऐसी सनसनीखेज रपट लिखी कि सरकार को मुकदमा वापस लेना पड़ा। जिस कानून की आड़ लेकर सरकार गाँववालों को निकालना चाहती थी, वह वहाँ लागू ही नहीं होता था...।''

उसने आँख मारी, मुस्कराया।

मुझे लगा, जैसे वह अभी भी पुलिसवालों के साथ आँख-मिचौनी खेल रहा हो—जिन्दगी की मौत के साथ आँख-मिचौनी!

"इसे जरूर पढ़ना। मैं तुम्हें अगला अंक भेजूँगा। हमारे लिए कुछ लिखना और हो सके तो हमारी पत्रिका के लिए कुछ ग्राहक बनाना, हमारी बड़ी मदद हो जाएगी।"

वह पत्रिका के बारे में कुछ और बताने जा ही रहा था कि जहाज की परिचारिका की आवाज कानों में पड़ी, "मुसाफिरों से अनुरोध है कि कुर्सी की पेटी बाँध लें। अब कुछ ही मिनटों में हमारा जहाज लुआंडा के हवाई अड्डे पर उतरेगा...।"

कुछ ही देर बाद हम लोग हवाई जहाज में से नीचे उतर रहे थे। मैं लाउंज में जाकर रुक गया था जबकि वह अपना बैग झुलाता हवाई अड्डे के बाहर निकल गया था। इक्का-दुक्का मुसाफिर ही उस समय हवाई अड्डे पर था और उसे जाता देखकर मुझे गहरे में उसके अकेलेपन का अहसास हुआ। जैसे निपट अकेला वह आगे बढ़ता जा रहा हो, किन्हीं वीरानियों में भटक रहा हो! हालाँकि ऐसा सोचना मेरी भूल थी। न तो वह अकेला था और न ही वह जिन्दगी की वीरानियों में भटक रहा था।

लगभग दो महीने बाद मुझे उसकी पत्रिका का अंक मिला। वही तीसरा अंक, जिसके लिए सामग्री इकट्ठा करने वह लुआंडा में उतरा था। पत्रिका के मुखपृष्ठ पर जाने-पहचाने चेहरे की तस्वीर देखकर मैं ठिठका। यह उसी की तस्वीर थी, पर तस्वीर के चारों ओर काले हाशिए थे। तस्वीर में वह वैसे ही हँस रहा धा, जैसे मेरे साथ बैठा हँसता-बतियाता रहा था।

गौरैया

जनाना अस्पताल के बाहर एक लम्बा-चौड़ा आँगन था और उस आँगन को एक छोटी-सी दीवार घेरे हुई थी। उस छोटी-सी दीवार पर लगभग सारा वक्त ही मरीज स्त्रियों के नाती-सम्बन्धी टाँगें लटकाए बैठे नजर आते थे। अस्पताल के अन्दर जाने की इजाजत नहीं थी। नर्सें बारी-बारी से बाहर आकर मरीज स्त्रियों की स्थिति के बारे में उनके सम्बन्धियों को अवगत कराती रहती थीं।

इसी दीवार पर गुरमुख सिंह मेरी बगल में बैठा अटपटी-सी बातें किए जा रहा था। कभी अस्पताल के अन्दर पड़ी अपनी पत्नी को कोसता, कभी उसके गुण गाने लगता।

''वह तो अन्दर मजे से सरकारी पलंग पर लेटी है, भटक तो मैं रहा हूँ। न दिन को चैन, न रात को। एक पैर अस्पताल में तो दूसरा कभी घर में, कभी गली-बाजार में!'' फिर सहसा उत्तेजित होकर बोला, ''पर मैं उसे मरने तो नहीं दूँगा जी। चाहे मकान बिक जाए, दुकान बिक जाए, मैं उसे मरने तो नहीं दूँगा। पिछले मंगलवार को ही यमराज उसे लेने पहुँच गया था, पर मैंने देवकी को उसके पंजों से छुड़ा लिया। यह सच है जी। इंजेक्शन लगाने में थोड़ी भी देरी हो जाती तो वह उसे उठा ले जाता। उसका काला साया सचमुच देवकी के कमरे की दहलीज पर डोल रहा था। जब देवकी को इंजेक्शन दे रहे थे तब मैंने आँख उठाकर देखा तो यमराज का साया दहलीज पर डोल रहा था। मैं कहूँ, 'हे महाराज, अगर मेरा प्यार सच्चा है तो इसे बचा लो!' वह इस इन्तजार में था कि जब मेरी देवकी आँख नहीं खोलेगी तो वह लपककर अन्दर आएगा और उसे दबोच लेगा।

''पर उस इंजेक्शन पर मेरे सात हजार निकल गए जी। मैं पहले देवकी की ही चूड़ियाँ गिरवी रखने जा रहा था। मैंने उन्हें लोहे के बक्से में से निकाल भी लिया था, पर फिर मेरे मन ने मुझे धिक्कारा। लख लानत है तुम पर, गुरमुख सिंह! बीवी की चूड़ियाँ बेचकर उसका इलाज करोगे? मैं सोच में पड़ गया जी। जब देवकी तंदुरुस्त हो जाएगी तो नई चमचम करती चूड़ियाँ बनवाकर उसी बक्से में रख दूँगा।

उसे पता भी नहीं चलेगा। इस वक्त तो लाचार हूँ। मजबूरी है। पर फिर भी मन नहीं माना। मैं चूड़ियाँ वापस बक्से में रखने जा रहा था जब देवकी की आवाज मुझे साफ सुनाई दी—'ले जाओ न जी चूड़ियाँ, बेच दो। इसमें सोचने की क्या बात है?' देवकी की आवाज आई तो मैं खड़ा-का-खड़ा रह गया। इसे कैसे पता चल गया कि मुझे इसकी चूड़ियाँ बेचनी पड़ रही हैं? पर मैंने कहा, 'तेरे सिर का सदका, देवकी, तेरे इलाज के लिए मुझे पैसे मिल जाएँगे...।' उस दिन तो मैंने चूड़ियाँ बक्से में रख दीं। मेरा दिल टूक-टूक हो रहा था।''

''फिर तुमने बेचीं चूड़ियाँ?'' मैंने अचानक पूछ लिया।

गुरमुख, जो अभी तक लगता था, अपने से बातें कर रहा है, सहसा चौंककर मेरी ओर देखने लगा। एकटक देखते रहने के बाद बोला, ''बेचीं जी, बेच दीं चूड़ियाँ। चूड़ियाँ ही नहीं, मैंने अपनी दुकान भी गिरवी रखकर कर्ज उठाया है।...वह तो दो महीने से अन्दर पड़ी है। इधर एक-एक इंजेक्शन सात-सात हजार रुपए का आता है। दवाइयों को तो जैसे आग लगी है जी।''

कहते हुए उसने अपने वास्कट की जेब में से एक डिबिया निकाली।

''छह हजार सात सौ का है जी। इधर दवाइयोंवाली दुकान से अभी-अभी लाया हूँ। बड़ा हरामी दुकानदार है। उसने मेरी इतनी भी बात नहीं मानी कि अगर डॉक्टर ने कह दिया कि इंजेक्शन की जरूरत नहीं है तो वह इसे लौटा लेगा। हरामी की औलाद, कहता था कि बिका हुआ माल हम वापस नहीं लेते। मैंने कहा, 'मैं कहीं भागा जा रहा हूँ? सामने अस्पताल के अन्दर मेरी घरवाली पड़ी है। डॉक्टर ने कहा है, इंजेक्शन ले आओ पर उसने यह भी कहा है, अगर जरूरत नहीं हुई तो नहीं लगाएँगे।'...'अब अगर जरूरत नहीं हुई तो मैं इसे रखकर क्या करूँगा? अपने चूतड़ में लगवाऊँ?' वह बौखलाकर बोला। पर उस हरामी के दिल में रहम मर गया है जी। अगर डॉक्टर ने कहा, इंजेक्शन की जरूरत नहीं तो तेरा माल तुम्हें वापस मिल जाएगा, तुम्हें क्या एतराज है? पर नहीं...कैसे संगदिल लोग हैं! मैंने उससे कहा, 'चंगा-माड़ा वक्त तो सबके साथ चलता है। मुझ पर इस वक्त मुसीबत आई है। कल तेरे लिए भी औखा वक्त आ सकता है।' तो मुझे परतकर कहने लगा, 'ज्यादा बक-बक नहीं करो, सरदार जी! इंजेक्शन लेना है तो ले जाओ, पर बिका हुआ माल हम वापस नहीं लेते।' ''

उसने कहते हुए इंजेक्शन की डिबिया वापस जेब में डाल ली।

अस्पताल का पिछवाड़े का दरवाजा शाम के साये में डूबा हुआ था। अब वहाँ एक मद्धिम-सा बल्ब टिमटिमाने लगा था। पहले की ही भाँति किसी-किसी वक्त कोई नर्स या डॉक्टरनी दरवाजे में से बाहर निकलती और ठिठककर इधर-उधर देख रही होती, जब दीवार पर बैठे लोगों में से कोई-न-कोई झट से उठ खड़ा होता

और लपककर उसके पास जा पहुँचता। किसी की पत्नी प्रसूति में थी तो किसी स्त्री का ऑपरेशन होने जा रहा था। और आवश्यक सूचना दे चुकने के बाद वह फिर से उस रहस्यपूर्ण दरवाज़े के पीछे चली जाती।

मेरी बगल में बैठा सरदार बोले जा रहा था, "मैं कहता हूँ, भली लोक, अगर तुम्हें बीमार ही पड़ना था तो कोई छोटी-मोटी बीमारी पकड़ लेती। दो-दो महीने भी कोई अस्पताल में पड़ा रहता है! मैं कोई रईसजादा हूँ या मेरे भंडारे भरे पड़े हैं! तू अन्दर बिस्तर पर लेटी रह और मैं अपनी पूँजी लुटाता रहूँ? क्यों जी, कभी ऐसा भी हुआ है? मैं अन्दर जाता हूँ तो मुझसे पूछती है, 'गुरनाम कैसा है? मेरी बिटिया कैसी है? उन्हें साथ क्यों नहीं लाए?' अब मैं क्या जवाब दूँ जी? मेरी परेशानी देखकर मेरी बहन हमारी बेटी को अपने घर ले गई है मेरठ में। मेरे पीछे हमारा बेटा दुकान पर बैठता था। सात साल का लड़का है जी, वह क्या दुकानदारी करेगा? तगड़ी तो उससे सँभाली नहीं जाती। मैंने दुकान ही बन्द कर दी है। मैंने कहा, जो गुरु महाराज को मंजूर है, देखा जाएगा। अब मैं इधर अस्पताल में चक्कर काटता हूँ तो वह भूखा-प्यासा गलियों के चक्कर काटता है। कभी स्कूल जाता है, कभी नहीं जाता। इधर यह रट लगाए रहती है कि बेटे को नहीं लाए! अब मैं उसे कैसे समझाऊँ? एक बार मैं बेटे गुरनाम को लाया भी था। उसे देखकर मेरी घरवाली रोने लगी। रोना बन्द ही नहीं करे। 'क्या हाल कर दिया है मेरे बेटे का?' लो जी, मैंने उसका यह हाल कर दिया है या तुमने? मैंने कहा, भली लोक, मत रो। तू भली-चंगी हो जा, तो तेरा बेटा भी तगड़ा हो जाएगा। बेटी भी घर आ जाएगी। पर वह रोती जाए। रोना बन्द ही न करे। अब मैं उसे क्या कहूँ? आखिर तो माँ है न जी। माँ का दिल तो आप जानते हैं..."

कहते हुए गुरमुख ने मेरे घुटने पर हाथ रख दिया।

"अब मैं कितना ही छिपाऊँ पर वह सब समझ जाती है। औरत की एक अपनी रग होती है जी, वह फड़कने लगती है। एक दिन मैं उसके पास गया तो बोली, 'बेटे गुरनाम को नहीं लाए?' मैंने कहा, 'गुरनाम स्कूल का काम कर रहा है।' वह चुप रही। थोड़ी देर बाद फिर बोली, 'गुरनाम क्यों नहीं आया?' तभी मुझे खटका हुआ कि इसके अन्दर रग फड़की है, नहीं तो वह दूसरी बार क्यों पूछती? मैंने फिर कहा, 'वह स्कूल का काम कर रहा है। कल उसका इम्तहान है।' वह मेरी ओर देखती रही, देखती रही, देखती रही। तब मुझसे नहीं रह गया। मैंने सच-सच बोल दिया, 'गुरनाम स्कूल से लौट रहा था जब किसी स्कूटरवाले से टकरा गया। उसके माथे पर चोट आई है, पर ज्यादा नहीं। डॉक्टर कहता है, खैर-मेर है।' वह फिर भी मेरी तरफ देखती जाए। उसकी आँखों में पहले ही से डर समाया हुआ है जी। पर मैंने सच बोल दिया तो वह चुप हो गई। और मेरी तरफ से मुँह फेर लिया। न हूँ, न हाँ। औरत बोलती हो तो ठीक है जी। बेशक बड़बड़ाती रहे, कोसती रहे, पर औरत चुप

हो जाए तो ठीक नहीं। पर एक बार उसने चुप्पी साध ली तो चुप ही बनी रही। और मेरी तरफ से मुँह फेर लिया। और आँखों से आँसू बिलखती जाए और रोती जाए। तभी मैंने फैसला कर लिया कि गुरनाम को उठाकर इसके पास ले आऊँगा। यह उसे अपनी आँखों से देख लेगी तो इसे चैन मिलेगा।

"पर उसे यों रोता देखकर मुझे फिर से रोह चढ़ आया, 'भली लोक, तू यहाँ पड़ी है, मैं मारा-मारा फिर रहा हूँ, इधर अस्पतालवाले मेरी चमड़ी उधेड़ने पर तुले हुए हैं। फिर भी तू मेरी तरफ मुँह फेरकर रो रही है, जैसे सब मेरा ही कसूर है!' " सहसा गुरमुख मुस्कराने लगा, "कल मैंने उसे कह ही दिया, 'देवकी, मेरी रानी, अस्पताल में आऊँ तो तू मुँह फुलाए लेटी होती है, बाहर जाऊँ तो बाघ मुझ पर झपटने के लिए खड़े होते हैं।' एक बाघ वह हरामी, दवाइयों की दुकानवाला। छह हजार सौ का एक टीका! मैंने दुकान वाले के घुटने पर हाथ रखा। देख कसाई, अगर डॉक्टर ने कहा, इसकी जरूरत नहीं तो तू इसे वापस ले लेना। मेरे पैसे मुझे लौटा देना। पूरे नहीं तो सौ-दो सौ कम करके लौटा देना। पर नहीं जी। वह एक ही बात की रट लगाए जा रहा था, 'बिका हुआ माल हम वापस नहीं लेते।' और दवाई की डिबिया उठाकर वापस अलमारी में रख दी।

"मैं क्या करता जी! दिये मैंने पैसे। पूरे छह हजार सात सौ। एक-एक नोट गिनकर दिया।" कहते-कहते गुरमुख हँसने लगा, "जब मैंने दवाई की डिबिया जेब में डाली और उसकी दुकान पर से उतरने लगा तो मुझे पीछे से आवाज देकर कहता है, 'सरदार जी, लौट आइए। सुनो मेरी बात। अगर आज शाम ही डॉक्टर कहे कि इसकी जरूरत नहीं है तो सीधा मेरे पास ले आना। मैं रकम वापस कर दूँगा। पर दो सौ रुपए काटकर दूँगा।'

"मैंने मन-ही-मन कहा—यही कहना था, हरामखोर, तो पहले ही कह देता। मुझे तड़पाया क्यों? मैंने कह दिया—'बेशक दो सौ काट लेना।' उसे दो सौ मुफ्त में मिल जाएँगे। दवाई वापस अलमारी में चली जाएगी। इसके लिए क्या बुरा है?"

और गुरमुख दार्शनिकों की तरह जमीन की ओर देखता हुआ टिप्पणी करने लगा :

"यहाँ अस्पताल में मुसीबत के मारे लोग आते हैं जी, शहर-भर के दुखी लोग। और यह उनकी खाल उतारता है। इसका बस चले तो यह एक-एक का खून पी जाए।

"अब यही इन्तजार है जी, डॉक्टरनी आए, नर्स आए, वह बताए—इंजेक्शन देना है या नहीं। अगर देना है तो भी, और नहीं देना है तो भी। इंजेक्शन अब मेरी जेब में तो है। क्यों जी, इतनी तसल्ली तो मुझे है।"

और उसने हाथ से वास्कट की जेब को फिर से थपथपाया, जिसमें इंजेक्शन की डिबिया रखी थी, "दो सौ का खसारा लग भी जाए तो कोई बात नहीं। पर छह हजार सात सौ का जूत तो नहीं पड़ेगा।"

अँधेरा गहरा रहा था, और अस्पताल की दीवारों पर जब अँधेरे की परतें उतरने लगती हैं तो वे पहले से भी ज्यादा भयावह लगने लगती हैं। सारे वातावरण में अवसाद घुल जाता है।

अस्पताल की ड्योढ़ी में मद्धिम-सी बत्ती की रोशनी में कोई नर्स बाहर आती तो लगता, किसी अँधेरी गुफा में से कोई भेद-भरा संदेश लेकर आ रही है। हर बार कोई नर्स बाहर निकलती तो गुरमुख झट से उठ खड़ा होता। दो-एक कदम लपककर आगे भी बढ़ जाता। हर बार उसे ऐसा ही भास होता, जैसे नर्स उसी से मिलने आ रही है।

अँधेरा गहरा चुका था जब एक नर्स बाहर निकली। सदा की भाँति गुरमुख उठ खड़ा हुआ। पर अबकी बार वह चिल्ला भी उठा, ''नर्स नहीं, डॉक्टरनी है। डॉक्टरनी आई है,'' और वास्कट की जेब में से इंजेक्शन की डिबिया निकाले वह लगभग दौड़ता हुआ उसकी ओर बढ़ गया।

तभी जैसे एक कौतुक-सा हुआ।

गुरमुख भागता हुआ डॉक्टरनी के पास गया। उसके पास पहुँचने पर उसकी भावभंगिमा से मैं समझ गया कि वह बड़ी बेताबी से उसे इंजेक्शन की डिबिया दिखा रहा है। डॉक्टरनी ने सिर हिलाया है। और गुरमुख बेहद उत्तेजित हो उठा है और उन्हीं कदमों से डिबिया हाथ में उठाए लौट पड़ा है, सीधा दवाइयों की दुकान की ओर। पर अभी उसने दो-तीन कदम ही बढ़ाए होंगे कि वह ठिठककर खड़ा हो गया है। डॉक्टरनी अभी भी सिर हिला रही है और उसके पास आकर उसका हाथ थाम लिया है। वह बराबर सिर हिला रही है। गुरमुख उसके पास खड़ा-का-खड़ा रह गया है और दूसरे क्षण सिर धुनता हुआ जमीन पर बैठ गया है और एड़ियाँ रगड़-रगड़कर रोने, बिलबिलाने लगा है। तभी वह समझ पाया था कि उसकी घरवाली को अब किसी इंजेक्शन की जरूरत नहीं रह गई है।

मैं नहीं जानता, इंजेक्शन की उस डिबिया का क्या हुआ। जानने की इच्छा भी नहीं हुई।

उस दिन के बाद कुछ ही दिन बीते होंगे। मैं स्वयं अब अस्पताल में नहीं गया था। उसी रात मेरे घर बेटा हुआ था और दो ही दिन बाद पत्नी घर आ गई थी।

पर एक दिन टहलते हुए मार्केट की ओर जा रहा था जब गुरमुख को पार्क के निकट एक बेंच पर बैठे देखा। मेरा उसकी ओर मुड़ जाना स्वाभाविक ही था। मैं नहीं जानता, उसने मुझे पहचाना या नहीं। पहले मन में संकोच भी हुआ कि मुझे देखकर उसके दिल में दर्द उठेगा। पर फिर यह सोचकर कि दर्द तो उठता है, पर दर्द बाँटा भी जाता है, दिल को ढाढस भी मिलती है, मैं चुपचाप चलता हुआ उसकी बगल में जा बैठा।

वह मुस्कराया। बड़ी खिली-खिली मुस्कान उसके होंठों पर खेल रही थी। पर उसकी मुस्कराहट से मुझे यकीन नहीं हुआ कि उसने मुझे पहचान लिया है। उसकी बगल में सातेक साल का लड़का बैठा था। मैं समझ गया कि यह उसका बेटा गुरनाम ही होगा।

हमारे बीच बातों का सिलसिला अभी कायम नहीं हुआ था कि सरदार चहककर बोला, "आ गई, आ गई मेरी रानी! आ जा!"

गुरमुख की आँखें बेंच के निकट एक झाड़ी पर लगी थीं जिसकी ऊपरवाली शाख पर एक गौरैया बैठी थी।

"आ जा, मेरी रानी, आ जा!" फिर मेरी ओर देखकर मुस्कराकर बोला, "देवकी आ गई जी! रोज आती है। मैं जब जागकर उठता हूँ तो पहले से खिड़की की ताक पर बैठी होती है। फिर उड़कर अन्दर आ जाती है। अँगीठी पर बैठ जाती है। गुरनाम स्कूल जाता है तो उसके पीछे-पीछे उड़कर जाती है। माँ है न जी। वह लौटकर आता है तो उसे अपने साथ लाती है, उसे घर तक छोड़ जाती है।

"मैं दुकान खोलने गया तो मेरी देवकी पहले से चबूतरे पर बैठी थी। उसे देखते ही मेरे दिल को ठंड पड़ गई। मैंने कहा, मेरी रानी ने चरण रखे हैं, अब कोई फिक्र की बात नहीं। आ जा, प्यारी, आ जा!"

चिड़िया, जो पेड़ की शाख पर से उतरकर नीचे घास पर आ बैठी थी, अब फिर से उड़कर पेड़ की टहनी पर जा बैठी थी।

यह देखकर गुरमुख बोला, "हम बातें कर रहे हैं न जी, वह हमारी बातों में विघ्न नहीं डालना चाहती। यही बात है।"

गुरमुख ने अपने दोनों हाथ अपने घुटनों पर रखे थे और सामने की ओर देखे जा रहा था। तभी मेरी नजर उसके कपड़ों पर पड़ी। पाजामे के नीचे उसका नाड़ा लटक रहा था।

"वे मुझे अस्पताल ले गए जी, पर मैं वहाँ से भाग आया। मैं वहाँ क्या करता? अस्पताल में मेरा क्या काम? मुझे अब वहाँ ले गए तो मैंने गुरु महाराज से अरदास की, 'बाबाजी, मैं यहाँ अकेला क्या करूँगा? यहाँ पर मेरी घरवाली देवकी भी नहीं है।' बाबूजी पूछते हैं कि कहो तो तुम्हें देवकी के दर्शन करा दूँ? मैंने हाथ जोड़ दिये, 'महाराज, दर्शन तो उसके मैं रोज ही करता हूँ। वह रोज सुबह-सबेरे मेरे घर पर पहुँच जाती है। पर अब जब मैं अस्पताल में आ गया हूँ, वह मुझे कहाँ ढूँढ़ती फिरती होगी?' तो गुरु महाराज मुस्कराए। उन्होंने हाथ ऊँचा उठाया, तभी जी घुँघरू बजने लगे—छोटे-छोटे चाँदी के घुँघरू। साथ में फुहार भी पड़ने लगी—झिलमिल करती फुहार! जैसे झरना बहता है, वैसी ही आवाज! तभी छम-छम करती देवकी मेरे सामने खड़ी थी जी। छोटा-सा घूँघट काढ़े हुए। उसकी नाक की नथ चमक रही थी और वह घूँघट के नीचे से मेरी तरफ देख-देखकर हौले-हौले

मुस्करा रही थी। उसके सिर पर के सलमे-सितारेवाली ओढ़नी फिसल-फिसल जा रही थी।

"तभी देखते-देखते देवकी लोप हो गई जी। मैंने कहा, अभी तो देवकी यहाँ खड़ी थी, अभी कहाँ गई? अब मैं उसे कहाँ ढूँढ़ूँ? मैं जानता था, वह लौटकर वहाँ नहीं आएगी। तभी मैं अस्पताल में से भाग आया। क्यों जी, मैंने ठीक किया न? देवकी वहाँ नहीं है तो वहाँ मेरा क्या काम? पर जी, जब मैं घर पहुँचा तो देवकी पहले से खिड़की पर बैठी मेरी राह देख रही थी।"

तभी गौरैया झाड़ी पर से फुदककर नीचे बेंच की पीठ पर आ बैठी थी।

गुरमुख की बाछें खिल गईं, "आ गई? अब आई हो तो जाना नहीं। तेरा कोई भरोसा नहीं। आ जा, मेरे पास बैठ जा। दो घड़ी दिल की बात करेंगे। दुनिया के काम तो, भली लोक, चलते ही रहते हैं। मान जा। कभी मेरी भी मान जाया कर। रूठी न रहा कर मेरे साथ। जब देखो, मुँह फुलाए रहती है। आ जा, आ जा! अब मैं कुछ नहीं कहूँगा। बस, देख, मैंने मुँह बन्द कर लिया है। कहो तो मुँह पर पट्टी बाँध लूँ?"

और गुरमुख मेरी ओर देखकर हँसने लगा।

पर गौरैया कुछ देर तक बेंच पर आसपास फुदकती रही, एक छोटे-से पोखर में से बूँद-बूँद पानी अपनी चोंच में डालती रही। फिर फुर्र से उड़कर झाड़ी पर जा बैठी।

"देखा जी!" गुरमुख ने मेरी ओर देखकर कहा, "चली गई, औरत जात है न, बार-बार रूठ जाती है। पर आप देखना, यह लौट आएगी...। आओ, आओ मेरी रानी, आओ...!"

और गौरैया फिर से उड़ती हुई बेंच की पीठ पर आकर बैठ गई थी। गुरमुख का चेहरा खिल उठा था, मानो उसके अन्दर उसकी आत्मा खिल उठी हो!

गौरैया फुदककर नीचे पानी के पोखर पर पहुँच गई थी, फिर से चोंच में बूँद-बूँद पानी डालकर फुर्र से फिर झाड़ी पर जा बैठी थी।

"देखा जी, मेरे साथ आँख-मिचौनी खेल रही है। वह रोज ऐसा ही करती है।"

और गुरमुख देर तक बड़ी स्नेहसिक्त आँखों से झाड़ी की टहनी पर बैठी गौरैया को निहारता रहा।

मक़बरा शाह शेर अली

शाह शेर अली के मकबरे का किस्सा मुझे मेरे दादा ने सुनाया था जब मैं बहुत छोटा था। उनका कहना था कि उन्होंने यह किस्सा अपने दादा के मुँह से सुना था। और वह यह भी कहा करते थे कि उनके दादा ने या हमारे किसी पुरखा ने शाह शेर अली को अपनी आँखों से देखा भी था।

अभी भी उस मकबरे के खँडहर मौजूद हैं, और उन्हें देखकर ही लगता है कि वह कभी बड़ी शानदार इमारत रही होगी जिसे शाह शेर अली का मकबरा कहा जाता था। सैलानी अभी भी गाहे-बगाहे उसे देखने चले जाते हैं, पर जब शाह शेर अली जिन्दा था तब तो सैलानियों की भीड़ लगी रहती थी। आप कहेंगे कि यह कैसे हो सकता है कि जिस आदमी का मकबरा देखने लोग आते हैं, वह खुद जिन्दा हो? यह इसलिए कि शाह शेर अली ने यह मकबरा खुद, अपने जीते-जी, अपने लिए बनवाया था। उस समय इसे शाह शेर अली का मकबरा ही नहीं, इसे आम तौर पर खाली कब्र वाला मकबरा भी कहा जाता था, और इसी नाम से वह ज्यादा मशहूर भी हुआ था, और इसी कारण लोग दूर-दूर से उसे देखने भी आते थे, क्योंकि यह बड़ी अनहोनी-सी बात थी कि जिस आदमी को मकबरे के अन्दर दफनाया जाना है, वह बाहर घूम-फिर रहा हो, और अन्दर उसकी कब्र खाली पड़ी हो और उसके शव का इन्तजार कर रही हो! अगर मकबरे में कब्र खाली है तो वह मकबरा कैसे हुआ? कभी बिना कब्र के भी कोई मकबरा हो सकता है?

अब तो मकबरे का बहुत-सा हिस्सा खँडहर हो चुका है। पर अभी भी, तीन में से दो मीनार खड़े हैं, भले ही उनमें लगे रंग-बिरंगे जड़ाऊ पत्थर टूट-टूटकर गिर चुके हैं, गुम्बद भी काल के हाथों अपनी विशेष गरिमा खो चुका है। पर सैलानी लोग, अभी भी, प्रथानुसार, गुम्बद के नीचे खड़े होकर, मुँह ऊँचा करके जोर से 'शाह शेर अली!' पुकारते हैं और आवाज की गूँज देर तक सुनाई देती रहती है, मानो शाह शेर अली का नाम अभी भी चारों दिशाओं में गूँज रहा हो! पर यों, जैसी कि खँडहरों की नियति होती है, कहीं ऊँची-ऊँची घास उग आई है तो कहीं साँपों ने

अपने बिल बना लिये हैं। रात को सियार बोलते हैं और दिन को तरह-तरह के जानवर घूमते रहते हैं।

शाह शेर अली बड़ा महत्त्वाकांक्षी राजा बताया जाता है। उसके राज्य में यह मकबरा ही एकमात्र भव्य इमारत नहीं थी, उसका बहुत बड़ा राजमहल भी था जो इस मकबरे के निकट ही स्थित था, और जिसकी छत पर से शेर अली अक्सर उस भव्य मकबरे को देखा करता था जिसमें उसे, चिरनिद्रा में लीन होने पर, बस जाना था।

कहते हैं, सिंहासन पर बैठने के फौरन ही बाद उसने अपनी राजधानी बदल दी थी और उस जगह पर नई राजधानी बसाई थी जहाँ उसका पुश्तैनी घर हुआ करता था। शेर अली का पिता एक साधारण मदरसे का अध्यापक हुआ करता था और माँ अनपढ़ देहातिन थी। उस कच्चे मकान के अवशेष तो अब ढूँढ़े भी नहीं मिलेंगे पर जब उसने अपना राजमहल बनवाया था तो उस पुश्तैनी कच्चे मकान के निकट ही, ताकि लोग अपनी आँखों से देख सकें कि शेर अली अपनी जीवन-यात्रा कहाँ से आरम्भ करके कहाँ तक जा पहुँचा है। इसी राजधानी में जगह-जगह उसके बुत भी खड़े थे—वे भी, कहा जाता है, उसके राज्यकाल में ही बनाए गए थे। एक तो उसके पुश्तैनी घर के निकट ही स्थापित किया गया था, जिस पर, कहते हैं, सोने का झोल चढ़ा था। उसमें शेर अली को उसके बाल्यकाल में दिखाया गया था—किशोर शेर अली, बगल में स्कूल का बस्ता उठाए हुए, आँखें क्षितिज पर लगी हुईं, और आँखों में हिलोरें लेती हुई महत्त्वाकांक्षाएँ! दूसरा बुत राजधानी के बड़े चौक में खड़ा था, जिसमें शेर अली, घोड़े पर सवार, जर्राबख्तर पहने हुए, सिर पर शिरस्त्राण और हाथ में दोधारी तलवार लिये हुए था। वह बुत अभी भी किसी संग्रहालय में रखा है, ऐसा सुनने में आया है।

यौवन लाँघते न लाँघते शेर अली के दिल में प्रबल महत्त्वाकांक्षाओं के ज्वार उठने लगे थे। शेर अली ने अपने संस्मरणों में कहीं लिखा है कि बचपन में उसका पिता उसे एक बार राजधानी ले गया था और उस यात्रा ने ही उसके जीवन का काँटा बदल दिया था।

पिता के साथ राजधानी में घूमते हुए अनूठी भावनाएँ उसके दिल में कसमसाने लगी थीं। खुली, चौड़ी सड़कों पर चलते हुए शेर अली को लगता, जैसे वे उसी के लिए बिछाई गई हों ताकि वह उन पर शान से चल सके, जबकि उसका अध्यापक बाप, सकुचाता हुआ, सड़क के किनारे-किनारे चल रहा होता! एक संग्रहालय की अलमारियों में उसने तरह-तरह की पोशाकें टँगी हुई देखीं—एक से एक बढ़िया, जरीदार मखमली चोगे, और जाने क्या-क्या! उसका बाप उसे कसीदाकारी की बारीकियाँ समझा रहा होता तो शेर अली अपनी कल्पना में उन्हें अपने शरीर पर सुशोभित देख रहा होता। संग्रहालय में ही एक मूर्ति किसी रौबीले सरदार की थी, जो घोड़ों पर सवार था। तनी हुई छाती, उठी हुई मूँछें, सिर पर शिरस्त्राण...उसे

निहारते हुए शेर अली को क्षण-भर के लिए लगा, जैसे वह किसी सरदार का बुत न होकर, स्वयं शेर अली का हो!

राजधानी में ही एक मकबरा भी था। उसकी भव्य इमारत को देखने लोग दूर-दूर से आते थे। शेर अली मंत्रमुग्ध-सा उसे देखता रह गया था। शेर अली ने लिखा है कि जब वे गुम्बद के नीचे पहुँचे, जहाँ बादशाह और उसकी मलिका की कब्रें थीं, तो उसके पिता ने मुँह ऊँचा उठाकर ऊँची आवाज में पुकारा 'कोई है?' तो पिता की आवाज देर तक गुम्बद में गूँजती रही थी। पर जब गूँज शान्त हुई तो शेर अली ने, मानो उसके जवाब में, मुँह ऊँचा उठाकर जोर से कहा, 'शेर अली!' आवाज गूँजती हुई बार-बार 'शेर अली, शेर अली' पुकारती हुई, हवा में तैरती रही। शेर अली को लगा कि उसके नाम की गूँज, गुम्बद में ही नहीं, गुम्बद के बाहर निकलकर, घाटियाँ और मैदान लाँघने लगी है, देश-देशान्तरों के छोरों तक जा पहुँची है। बालक शेर अली इस कल्पना से ही पुलकित हो उठा था।

तभी—शेर अली के अनुसार—मकबरे के बाहर निकलकर, सड़क पर चलते हुए, शेर अली ने कनखियों से अपने बाप की ओर देखा था और पहली बार उसे घोर निराशा हुई थी। उसका पिता उसे अतिसाधारण, तुच्छ-सा आदमी जान पड़ा था। तनिक झुकी हुई पीठ, रूखा-सा कांतिहीन चेहरा, खिचड़ी मूँछें और विनम्रता में झुकी हुई गर्दन। शेर अली लिखता है कि बाप को देखकर उसके मन में वितृष्णा-सी उठी। बाप भी मिला तो कैसा मिला—न रुआब, न रुतबा! पहली बार शेर अली ने अपने पिता को देखकर लज्जित-सा अनुभव किया। उसका मन हुआ, पिता से कहे—पीठ सीधी करके चलिए, मूँछों के कोने ऊपर को उठाइए, यों भी भला राजधानी में कोई चलता है!

कहते हैं, शेर अली ने पन्द्रहवें साल में कदम रखा ही था कि एक दिन घर से भाग गया। माँ-बाप ने उसे बहुत खोजा, माँ बहुत रोई-बिलखी थी पर उसका कहीं नाम-निशान नहीं मिला। शेर अली गया तो फिर लौटकर नहीं आया। कुछ वर्ष बाद उन्होंने सुना कि किसी गिरोह में शामिल हो गया है, मुहिमें चलाने लगा है। फिर, कहते हैं, देश में उपद्रव उठ खड़ा हुआ, कभी कहीं पर झड़पें होतीं, कभी कहीं पर, और उनमें शेर अली का नाम बार-बार सुनने में आता था। बहुत दिन तक गृहयुद्ध चलता रहा, बहुत मार-काट हुई। फिर किसी दिन खबर आई कि शेर अली और उसके साथियों की जीत हुई है, और जब विजयी गिरोह ने राजधानी में प्रवेश किया तो उसके आगे-आगे, नंगी तलवार हाथ में लिये, घोड़े पर सवार, शेर अली था!

शेर अली ने बरसों तक राज किया—लगभग तीस वर्ष तक। खूब धाक जमाई, अपने अधिकार-क्षेत्र को बढ़ाया। तीन पड़ोसी राज्यों पर पै-दर-पै हमले करके उन्हें अपने राज्य में मिलाया। शेर अली के नाम की धूम मच गई। सिक्कों पर शेर अली की छवि आ गई। नई राजधानी बन गई, जगह-जगह उसके बुत खड़े किए जाने

लगे। तभी शेर अली के मन में अपना मकबरा बनाने का विचार उठा था। हो सकता है, यह संस्कारवश रहा हो, बचपन में गुम्बद के नीचे सुनी अपने नाम की गूँज शायद उसे फिर से बार-बार सुनाई देने लगी हो, या उसके मन में विचार उठा हो कि मेरे मर जाने के बाद क्या मालूम, मुझे भी उसी कब्रिस्तान में गाड़ दिया जाए जहाँ मेरे बाप-दादा गाड़े जाते रहे हैं! और मकबरा भी ऐसा हो कि दुनिया याद करे कि कभी कोई शाह शेर अली तख्त पर बैठा था। अन्य हुक्मरानों की तरह नहीं कि धूल उड़ाते आए और धूल उड़ाते चले गए। ऐसा मकबरा हो कि दुनिया-भर में धूम मच जाए।

तभी उसकी कल्पना में मकबरे का आकार रूप ग्रहण करने लगा। महत्त्वाकांक्षा का पक्षी, पंख फैलाए कल्पना के आकाश में ऊँची-ऊँची उड़ानें भरने लगा—कैसा झिलमिलाता स्मारक होगा, ऊपर स्वच्छ नीले आकाश का वितान, नीचे क्षितिज तक फैली लाली-मायल घाटियों-पहाड़ियों का विस्तार। और बीच में दमकते हीरे जैसा यह मकबरा!

आखिर एक दिन मकबरा सचमुच बनकर तैयार हो गया। उसे बनने में पूरे तेरह साल लग गए, और इस बीच शेर अली की जवानी भी ढलने लगी और पीठ भी झुकने लगी, पर मकबरा ऐसा बना कि देखकर आँखें भरती थीं। अपने महल की छत पर खड़ा शेर अली उसे देखता तो उसका दिल बल्लियों उछलने लगता। मन की साध पूरी हो गई थी। मकबरे की ख्याति फैलने में भी देर नहीं लगी। शीघ्र ही देश-देशान्तरों में इसकी चर्चा होने लगी। सैलानी दूर-दूर से उसे देखने के लिए आने लगे। उसके वास्तुशिल्प से कहीं अधिक, वह मकबरे के अन्दर बनी उस खाली कब्र को देखना चाहते थे जो अपने भावी निवासी का इन्तजार कर रही थी, और उस हाकिम को भी, जिसे उसमें दफनाए जाना था। शाह शेर अली स्वयं, दिन में एकाध बार तो जरूर ही अपनी राजसी घोड़ा-गाड़ी में बैठकर अपने भावी मकबरे की परिक्रमा कर आता था।

जब मकबरे की ख्याति फैलने लगी तो शेर अली ने उसके ऊँचे-ऊँचे फाटक बन्द करवा दिये। यह उचित नहीं था कि सैलानी ऐसे मकबरे को देखने आएँ जिसमें कब्र खाली पड़ी हो। यह अटपटा ही नहीं लगता था, उसे अपशगुन भी जान पड़ता था।

इसके बावजूद, भारी संख्या में सैलानी आने लगे। 'खुली कब्र वाला मकबरा' उनके कुतूहल का केन्द्र बनता जा रहा था। इतना ही नहीं, सैलानी उस शाह को भी देखना चाहते थे जिसने अपने जीवनकाल में ही अपना मकबरा स्वयं बनवा दिया था। शाह ने कई बार देखा कि जब वह अपनी घोड़ा-गाड़ी में बैठा, राजप्रासाद से बाहर निकल रहा होता तो अनेक पर्यटक, उसकी झलक ले पाने के लिए, पहले से, सड़क पर खड़े होते। कुछ तो उसे देखकर मुस्करा देते। कभी-कभी तो उसे झेंप भी होती कि वह मकबरे से अधिक सैलानियों के कुतूहल का केन्द्र बनता जा रहा है।

लोग पहले मकबरे को देखते और उसके बाद शाह को देख पाने के लिए इधर-उधर घूमते।

अगर मकबरा बन जाने पर ही शेर अली की मृत्यु हो गई होती तो सब बात ठिकाने पर आ जाती, अपनी जगह पर सही बैठती। इधर मकबरा बनकर तैयार होता, उधर शेर अली आँखें मूँद लेता, पूरी शान-शौकत के साथ उसका जनाजा उठता, पूरे अदब-कायदे के साथ मकबरे में उसे दफना दिया जाता। सभी दरबारी, पदाधिकारी जनाजे के साथ होते, दोनों शहजादे उसके ताबूत को कन्धा दिये होते। पर ऐसा नहीं हुआ। शाह शेर अली नहीं मरा, बल्कि मकबरा बन जाने के बाद जिन्दा बने रहने की उसकी चाह बढ़ने लगी। देश-विदेश से आनेवाले सैलानियों का ताँता लगा रहने लगा था। हजारों-लाखों स्वर्ण-मुद्राओं की आय राज्य को होने लगी थी। भला यह कोई मरने का वक्त था? एक बार आँखें मूँद लो तो चारों ओर अँधेरा ही अँधेरा छा जाता है। फिर, कभी छिटकी चाँदनी में, राजमहल की छत पर से, तो कभी सूर्योदय की लालिमा की पृष्ठभूमि में, तो कभी ढलती दोपहरी में अपने मकबरे को आँख भरकर देख पाने में जो आनन्द मिलता था, उससे शेर अली वंचित नहीं रहना चाहता था।

तभी एक दिन अनहोनी घटना घट गई। शाम का वक्त था और शाह शेर अली अपने अंगरक्षकों के साथ मकबरे की परिक्रमा कर रहा था जब उसने देखा कि सामने की ओर से, उसी के राज्य का सिपहसालार बढ़िया घोड़ा-गाड़ी नें चला आ रहा है। सिपहसालार की गाड़ी पास से गुजरी तो गाड़ीवान ने घोड़े खींच दिये। सिपहसालार गाड़ी में ही खड़ा होकर आदाब बजा लाया और देर तक झुक-झुककर आदाब बजा लाता रहा। दोनों के बीच दुआ-सलाम हुई और सिपहसालार आगे बढ़ गया।

पर शाह शेर अली के मन में खटका-सा हुआ। सिपहसालार इस तरफ क्या करने आया था? यहाँ उसे क्या काम रहा होगा? मकबरे के आस-पास क्यों मँडरा रहा था? उसकी आँखें मकबरे पर इस तरह लगी थीं मानो उसने उसे पहले कभी नहीं देखा हो! शेर अली का मन विचलित हो उठा। लगता है, जरूर उसके मन में कोई मंसूबा रहा होगा। जिस तरह झुक-झुककर वह आदाब बजा ला रहा था, उसी से लगता था, जैसे कुछ छिपा रहा है, अभिवादन की आड़ में मन का भाव छिपा रहा है। जरूर ऐसा ही है। मुझ पर नजर पड़ने से पहले, कैसे फटी-फटी आँखों से मकबरे की ओर देख रहा था!

उस रात देर तक, शाह शेर अली, अपने महल की छत पर खड़ा, तरह-तरह की मानसिक उलझनों में खोया रहा। सिपहसालार ही क्यों, और लोग भी तो उससे डाह कर सकते हैं। मुझे गद्दी पर से उतारकर कोई दूसरा आदमी राजसिंहासन को हड़प सकता है ताकि मकबरे पर उसका अधिकार बन सके। तब मकबरा उसी के नाम से ही जाना जाएगा और उसी के शरीर को उसमें दफनाया जाएगा। उस रात खिली

चाँदनी के जादुई माहौल में, महल की छत पर देर तक टहलते रहने के बाद, शाह शेर अली इस निर्णय पर पहुँचा कि लुके-छिपे, उसकी आँखों से दूर, कोई कुचक्र चल रहा है, और इस कुचक्र को अभी से खत्म कर देने में ही उसका कल्याण है।

जितना अधिक उसका संशय बढ़ता जा रहा था, उतना ही अधिक मकबरे के प्रति उसका मोह भी बढ़ता जा रहा था। वह जिन्दा भी बने रहना चाहता था और मकबरे को भी हाथ से नहीं जाने देना चाहता था।

वही हुआ, जो ऐसी स्थिति में अक्सर होता है। उसने सिपहसालार को मरवा डाला। सिपहसालार को रास्ते में से हटाना उसके लिए नितान्त आवश्यक हो गया था। यदि वह न रहा तो अन्य दरबारी भी सतर्क हो जाएँगे, फिर किसी की हिम्मत नहीं होगी कि वह मकबरे की ओर आँख उठाकर भी देख सके और उसमें दफनाए जाने के ख्वाब देख सके।

सिपहसालार को मरवा डालने के बाद शाह शेर अली निश्चिन्त हो गया। अब मकबरा मेरे लिए सुरक्षित है, अब मकबरे को कोई छीन नहीं सकता।

पर कुछ ही मुद्दत बाद उसे इस बात का भास होने लगा कि दरबार में उसके खिलाफ कोई साजिश पक रही है। उसे सन्देह होने लगा कि बड़ा वजीर उस साजिश के पीछे है, वही उसका सरगना है। उसे इस बात का भी भास हुआ कि उससे बहुत कुछ छिपाया जाने लगा है। कई दरबारी उससे बात करते-करते, कनखियों से दूसरे दरबारियों की ओर देखने लगते। वह कुछ कह रहा होता, कोई फरमान दे रहा होता कि कोई दरबारी किसी दूसरे दरबारी के कान में कुछ फुसफुसाने लगता।

और एक दिन बड़े वजीर का भी वही हश्र हुआ जो सिपहसालार का हुआ था!

पर शेर अली की बेचैनी कम होने के बजाय बढ़ती गई। एक रात वह सोए-सोए चौंककर उठ बैठा। उसे लगा, जैसे ऐन उसी वक्त, मकबरे का बड़ा फाटक चुपके से खोल दिया गया है और कुछ लोग किसी का ताबूत कन्धों पर उठाए, फाटक लाँघकर मकबरे के अन्दर चले गए हैं और उसे चुपचाप, रात के सन्नाटे में, गुम्बद के नीचे खुली कब्र में उतार रहे हैं। और संगमरमर की उसी शिला से कब्र को ढक दिया गया है, जो खाली कब्र के निकट रखी रहती थी। और कब्र को ऊपर से बन्द भी कर दिया गया है, इतनी मजबूती से कि उसे कोई खोल ही नहीं सके। वह बार-बार, आस-पास खड़े लोगों से पूछ रहा है, यह किसका ताबूत है, पर कोई भी उसके सवाल का जवाब नहीं देता।

शाह शेर अली हाँफता हुआ उठ बैठा। उसका दिल धक्-धक् कर रहा था, और शरीर पसीना-पसीना हो रहा था। वह झट से उठ खड़ा हुआ। 'यह सपना नहीं, सच्चाई है,' वह बुदबुदाया। उसने जल्दी से अपना चोगा पहना, दीवार पर से लटकती तलवार हाथ में ली, पहरेदारों तथा अंगरक्षकों को आवाज लगाई और पलक झपकते, घोड़ागाड़ी में बैठ, मकबरे के सामने जा पहुँचा।

पर मकबरे का फाटक बन्द था। चारों तरफ अँधेरा और सन्नाटा था। कहीं कोई आहट सुनाई नहीं दे रही थी। वह कुछ देर तक मकबरे के अन्दर की ओर कान लगाए खड़ा रहा, फिर चुपचाप, नंगी तलवार को मियान में डालकर, राजप्रासाद की ओर लौट आया।

इस घटना के बाद, कुछ ही दिन बीते होंगे कि उसका बड़ा बेटा, शहजादा मुराद, उससे मिलने आया और बातों-बातों में मकबरे का जिक्र करने लगा। शाह शेर अली के कान खड़े हो गए। क्या मेरा बेटा भी मेरे खिलाफ किसी षड्यंत्र में शामिल हो गया है? क्या वह भी नहीं चाहता कि उसके पिता को इस मकबरे में दफनाया जाए? क्या वह भी इस मकबरे पर अपनी नजर रखे हुए है? शहजादे ने केवल इतना कहा था कि मकबरे की शोहरत बहुत फैल रही है, कि वह इतना लोकप्रिय होता जा रहा है, कि वह राज्य के लिए धन अर्जित करने का एक प्रधान साधन बन सकता है। उसने इस बात की ओर संकेत भी किया कि उसे राष्ट्रीय स्मारक का रूप दे दिया जाना चाहिए, देश के सभी गणमान्य व्यक्ति मरणोपरान्त यहीं दफनाए जाएँ, तो समय आने पर यह एक ऐतिहासिक राष्ट्रीय स्मारक का रूप ले लेगा। बेटे की बात सुनते हुए ही शेर अली को लगा, जैसे उस मकबरे से जुड़ी उसकी अपनी छवि फीकी पड़ती जा रही है, और मकबरा किसी साधारण, सार्वजनिक कब्रगाह का रूप लेता जा रहा है।

अपने बेटे के मुँह से यह सुझाव सुनते ही उसे जैसे बिजली छू गई थी। वह सुनता रहा, सिर हिलाता रहा, सहज भाव से मुस्कराता रहा, पर शहजादे के चले जाने पर उसका जेहन साफ हो गया—यह मकबरे को कब्रिस्तान में परिगत करने का सुझाव नहीं है, यह मुझे गद्दी पर से उतारने का षड्यंत्र है।

इसके कुछ ही अरसा बाद की बात रही होगी। दादा सुनाया करते थे कि एक रोज शाम के वक्त, अभी साये उतर ही रहे थे, और सैलानियों का एक दल खुली कब्रवाले मकबरे की परिक्रमा कर चुकने के बाद, बड़े फाटक के निकट इस इन्तजार में खड़ा था कि मुमकिन है, शाह शेर अली उधर से गुजरें और सैलानी उस विलक्षण व्यक्ति को नजर भरकर देख सकें, जब राजमहल की ओर से हल्का-सा शोर सुनाई दिया। सभी के कान खड़े हो गए और सभी बड़ी उत्सुकता से उस ओर देखने लगे। तभी उन्होंने पाया कि एक आदमी, महल की ओर से चला आ रहा है—नंगे पाँव, नंगे सिर, कुर्ता छाती पर से खुला हुआ, चोगे की लटकती डोरी जमीन पर घिसटती हुई और चोगे के पल्ले बार-बार, उसके घुटनों के साथ टकराते हुए। पहले तो सैलानी कुछ समझ नहीं पाए, पर जब मकबरे के चौकीदार आगे बढ़ आए, और उन्होंने देखा कि उस भागते आदमी के पीछे महल के कुछेक कर्मचारी भी भागते चले आ रहे हैं, तो वे समझ गए कि वह शाह शेर अली ही होगा।

शाह शेर अली ही था। हाँफता हुआ मकबरे की ओर भागता चला आ रहा था। कुछ ही देर में वह गिरता पड़ता, बदहवास, मकबरे के पास पहुँच गया था। महल के दरबान, अंगरक्षक और पहरेदार भी उसके पीछे-पीछे पहुँच गए थे।

फाटक के पास पहुँचकर वह हाँफता हुआ रुक गया, फटी-फटी आँखों से सैलानियों में से कभी एक तो कभी दूसरे की ओर देखने लगा, और फिर पलक झपकने की देर थी कि एक सैलानी पर झपट पड़ा और उसे गले से पकड़ लिया। यह तो अंगरक्षक और पहरेदारों ने आगे बढ़कर छुड़ा लिया, नहीं तो पागल के हाथों की जकड़न तो कहते हैं, छूटते नहीं छूटती। शीघ्र ही पहरेदारों और अंगरक्षकों ने उसके इर्द-गिर्द घेरा बाँध लिया, और शाह शेर अली को धीरे-धीरे महल की ओर लौटा ले चले।

उसके कुछ ही दिन बाद, कहते हैं, शाह शेर अली की लाश मकबरे के बड़े फाटक के पास पड़ी मिली थी। मौत से पहले, लोगों का कहना है, कि वह बार-बार, अपने दफनाए जाने का उपक्रम करने लगा था। मकबरे के फाटक के सामने पहुँचकर 'शाह शेर अली! शेर अली, शेर अली!' चिल्लाता और ऊँची पटरी पर से उतरकर नीचे जमीन पर, कब्र में लेट जाने का उपक्रम करता। अगर कोई उसे रोकने की चेष्टा करता तो उस पर झपटने की कोशिश करता।

कहते हैं, शाह शेर अली की मृत्यु के बाद, शहजादा मुराद समेत, सभी उमरा-वुजरा का यही निर्णय था कि मकबरे की कब्र को पहले की ही तरह खाली रहने दिया जाए। कुछ इसलिए कि वह खाली कब्रवाला मकबरा के नाम से मशहूर हो चुका था, पर मुख्यतः इसलिए कि वह उनकी नजर में एक अभिशप्त स्थल बन चुका था। यह भी निर्णय हुआ कि शेर अली के शव को उसके पुश्तैनी कब्रिस्तान में, उसके माँ-बाप की कब्रों के निकट ही दफना दिया जाए।

आज तो वह मकबरा भी खँडहर बनता जा रहा है। आज उसी खँडहर में हू-हू करते सियारों की आवाजें सुनाई पड़ती हैं। 'शाह शेर अली' के नाम की गूँज न जाने किन हवाओं-आँधियों में खो गई है!

चेहरे

शम्भुनाथ ने मेरे घर का दरवाजा खटखटाया और फिर बाहर आँगन में टहलने लगा। वही चौड़े ढालवाँ कन्धे, झुकी हुई गर्दन, लम्बे घुटनों को छूते हुए-से बाजू, चेहरे पर तीन दिन का शेव। खिड़की के पर्दों के पीछे से मैंने उसे देखा, पर मन नहीं हुआ कि दरवाजा खोलूँ। वितृष्णा-सी हुई। कुछ इसलिए कि आए-दिन पहुँच जाता था। न काम, न धाम। आकर मुँह बाए बैठ जाता था, या फिर निरर्थक-सा छिटपुट वार्तालाप, 'अब तो गर्मी कुछ कम हो गई है', 'तुम सुबह घूमने जाते हो ?' आदि-आदि। पर मैं उसे दरवाजा खोले बिना रह भी नहीं सकता था। उसे देखकर मेरे अन्दर बेचैनी-सी भी उठने लगती : 'यदि इस आदमी ने जीवन में कुछ किया-कराया होता तो मैं लपककर दरवाजा खोलता, भले ही यह कितना ही बड़ा बोर क्यों न होता। यदि इसने दो पैसे कमाए होते, यदि यह साफ-सुथरे कपड़े ही पहने होता, आत्म-विश्वास के साथ उठता-बैठता, तब भी इसके प्रति मन में इज्जत का भाव उठता। यह तो जैसे अधर में लटका हुआ, आशा और निराशा के बीच झूलता हुआ-सा आदमी है। न इधर का, न उधर का, जो अपने अन्दर ही डूबता-उतराता रहता है।'...तरह-तरह के विचार मेरे मन को कचोटते और मैं दरवाजा खोल देता।

अब भी मैंने दरवाजा खोल दिया। वह अन्दर आया, अपने धूल से अटे जूते पहने ही पहने, और मैले-से रूमाल के साथ गले और चेहरे पर का पसीना पोंछते हुए, सोफे पर आकर पसर गया।

मुझे फिर वितृष्णा हुई। यह आदमी रहन-सहन के सामान्य नियमों को भी भूल चुका है। अगर मैं इससे कुछ कहूँ—जैसा मैंने इसे एक बार टोक दिया था—तो यह झट से उठ खड़ा होगा और माफियाँ माँगता हुआ बाहर जाने लगेगा।

"कहो, कैसे आना हुआ ?" मैंने पूछा।

"यों ही..." उसने क्षीण-सी मुस्कराहट के साथ कहा और फिर चुप हो गया।

न जाने अब यह चुप्पी कितनी देर तक बनी रहेगी, मैंने मन-ही-मन कहा।

"यह क्या उठा रखा है ?" मैंने खाकी-से लिफाफे की ओर इशारा करते हुए पूछा, जिसे उसने अपने सामने तिपाई पर रख छोड़ा था।

"बताता हूँ; एक कहानी है। सम्पादक ने लौटा दी है। पर मैं तुम्हारी राय लेना चाहता हूँ।"

मन में आया, कहूँ, मैं लौटाई हुई कहानियाँ नहीं पढ़ता। पर यह सोचकर कि इस बेढब आदमी के दिल को भी ठेस पहुँच सकती है, मैंने कहा, "ठीक है। यहीं रखा रहने दो। पढ़ लूँगा।...पर तुमने तो कसम खाई थी कि अब कलम को हाथ नहीं लगाओगे ?"

"न ही लिखता तो बेहतर था। न तो सम्पादक ही लौटाता और न मुझे तुम्हारा मुँह जोहना पड़ता।"

मुझे कोफ्त-सी हुई। यह आदमी बोर तो था पर मेरे पास कोई उम्मीद लेकर कभी नहीं आया था। वह मात्र इसलिए टपक पड़ता था कि उसे साहित्य में रस मिलता था, और मैं, एक अध्यापक के नाते, साहित्य से अपनी रोजी कमाता था। लोग मुझे साहित्य का पारखी भी मानते थे, हालाँकि एक बात मेरी समझ में कभी नहीं आई कि अगर किसी की कलम नहीं चलती तो वह क्यों आए-दिन फिर से कलम उठा लेता है ? हम अध्यापक लोग तो ऐसा नहीं करते। एकाध बार कलम-आजमाई करने के बाद, हम किनारा कर जाते हैं, फिर केवल दूसरों की रचनाएँ पढ़ते हैं और मार्गदर्शन करते हैं। कलम चले तो चलाओ, नहीं चले तो छोड़ दो। तुम्हारे न लिखने से कोई फर्क पड़नेवाला नहीं है। हजारों पुस्तकें पहले से पुस्तकालयों की धूल चाट रही हैं।

पर मैं चुप बना रहा। इस आदमी से जुड़ा बहुत कुछ था जो मेरी आँखों के सामने घूम गया। और मैं चुप रहा। कौन जाने, इसमें सचमुच रचनात्मक संवेदन पाया जाता हो ! पर साहित्य-सृजन से चिपटे रहना आत्म-प्रवंचना भी तो हो सकता है। मन का छलावा। अपने को लेखक समझने का मोह, लेखक कहलवाने का मोह, लेखक के रूप में जाना जाने की ललक। उधर, लिखने बैठो तो लिख नहीं पाओ, कागज पर कागज काले करते जाओ और फाड़ते जाओ। कौन जाने ?

तिपाई पर रखी उसकी कहानी को देखते हुए तरह-तरह के विचार मेरे मन में उठने लगे थे, जब वह सहसा उठ खड़ा हुआ।

"वक्त मिले तो इसे एक नजर देख जाना। और जो पसन्द नहीं आए तो फाड़कर फेंक देना।"

एक क्षीण-सी मुस्कान के साथ उसने सिर झटक दिया और दरवाजे की ओर मुड़ गया।

मुझे हैरानी हुई। ऐसी कृपा तो उसने मुझ पर पहले कभी नहीं की थी कि इतनी जल्दी उठ जाए। और उसकी आवाज में मुझे कुछ नई-सी गूँज सुनाई दी थी जिसने मुझे अचम्भे में डाल दिया था।

दो वर्ष पहले उसकी पत्नी उसे छोड़कर चली गई थी। उसके घर छोड़ जाने पर उसके आत्मसम्मान को गहरा धक्का लगा था, विशेषकर जब वह अपने साथ अपने दोनों बच्चों को भी यह कहकर ले गई थी कि 'मैं तुम्हारा साया भी अपने बच्चों पर नहीं पड़ने देना चाहती।' और वह मुँह बाए, मात्र देखता रह गया था। कितने ही दिन तक तो उसे इस बात पर विश्वास ही नहीं हो पाता था कि वह अपनी पत्नी की नजरों में इतना भी गिर सकता था। यहाँ तक कि उसकी पत्नी उसकी ओर पीठ मोड़ लेगी, और वह भी शादी के आठ वर्ष बाद, जब बच्चे बड़े होने लगे थे!

शादी से पहले एक दूसरे से मिलने पर शम्भुनाथ ने साहित्य के प्रति अपनी गहरी रुचि की अनेक बार उससे चर्चा भी की थी। उसे कवियों के पद भी सुनाता रहा था और कई बार उत्कट भावनाओं के ज्वार में डूबते-उतराते हुए उसने यह भी कहा था कि मैं लेखक बनना चाहता हूँ और साथ में, भावावेश में यह भी जोड़ा था कि मेरे लेखन के लिए तुम मेरी प्रेरणा बनोगी। उस समय उसकी भावी पत्नी भी यह सुनकर उस पर रीझ-रीझ गई थी, और ब्याह से पहले ही वह ऐसे सपने भी देखने लगी थी जिनमें वह एक निखरे-निखरे व्यक्तित्व वाले, एक सफल, ख्याति-प्राप्त लेखक के रूप में उसकी आँखों के सामने उभरता रहा था।

कौन-सा तन्तु कहाँ पर टूटता है, कौन जाने? इसका लेखा-जोखा कौन करे?

घर छोड़कर जाने के कुछ ही दिन पहले उसने शम्भु की शिकायत करते हुए, बौखलाकर मुझसे कहा था, 'यह लेखक कहाँ है जी, यह तो कुछ भी नहीं है। लिखने बैठता है तो कागज फाड़-फाड़कर फेंकता रहता है। दो वाक्य नहीं लिख पाता। अगर यह लिखे भी तो मैं मान लूँ कि यह अपनी मनपसंद का ही सही, कोई काम तो कर रहा है। भले ही, यह और किसी का नहीं तो अपना तो कुछ सँवार रहा है। पर यह लिखे तो?'

तब क्यों इसकी कलम नहीं चलती थी, मैं नहीं जानता। क्या इसलिए कि उसकी पत्नी अधिक व्यवहारकुशल थी? शम्भु के प्रति उसकी अपेक्षाएँ भिन्न थीं? वह दुनियावी बातों को लेकर अधिक सजग और सचेत थी जबकि शम्भु अपने में खोया-सा रहता था—अपनी भावनाओं में डूबा-डूबा सा। शायद इस कारण उसका आत्मविश्वास जम नहीं पा रहा था।

उसी दिन शाम को जब मैंने लिफाफा खोला और कहानी के पन्ने पलटने लगा तो मैंने पाया कि वह स्वीकारोक्ति की शैली में लिखी गई थी, और मूलत: अपनी पत्नी के साथ अपने सम्बन्धों को लेकर, और समूचे विवरण में जगह-जगह साहित्य के प्रति उसके लगाव की चर्चा उठती रही थी।

शम्भुनाथ की कहानी के कुछ अंश :

''उस दिन व्याख्यान आरम्भ होने से पहले हॉल खचाखच भरा था। तभी वह हॉल के अन्दर आए थे और उन्हें देखते ही मैं पुलक-पुलक गया था। उन्होंने ही वह प्रहसन लिखा था जिसे पढ़ते हुए मैं लोट-पोट होता रहा था। संयोजक ने उनके गले में फूलमाला डाली और वह चबूतरे पर एक ओर को बैठ गए। उनकी आँखों पर मोटे शीशोंवाला चश्मा लगा था और सिर पर कामदार टोपी थी। उनके चेहरे पर से जैसे नूर टपक रहा था।

उन्होंने अपने भाषण में क्या कहा, मैं कुछ भी समझ नहीं पाया। आठ-नौ साल का बालक क्या समझेगा? मुझे केवल उनका गोरा-गोरा चेहरा और मेरे दिल की उछाहभरी धड़कन ही याद है। जब वह बोलकर बैठे थे तो उनका चेहरा दमक रहा था, और माथे पर पसीने की बूँदें छलक आई थीं।

केवल एक जाने-माने लेखक के प्रति ही मेरा ऐसा स्वभाव रहा हो, ऐसा नहीं था। मैं किसी भी गुणी व्यक्ति को विलक्षण मानने लगा था और ऐसे व्यक्ति को निहारते रहने की मेरी आदत-सी बन गई थी। कोई गोलियाँ खेलने में उस्ताद हो या गणित के सवाल निकालने में, मेरी नजर में एक विलक्षण जीव बन जाता था। वार्षिकोत्सव के समय एक भजनीक कभी-कभी दूर-पार से हमारे शहर में आया करते थे। सैकड़ों लोग उन्हें सुन पाने के लिए जुट जाया करते थे। तब वह सिर तनिक टेढ़ा किए, हार्मोनियम पर उँगलियाँ चलाते हुए गाने लगते।

'आज रण में जाके, धूम मचा दे, बेटा!' तो मैं नीचे बैठा मंत्रमुग्ध-सा, उन्हें निहारता रह जाता। बचपन में—और बाद में लड़कपन में भी—हर तीसरे दिन कोई-न-कोई व्यक्ति मेरा हीरो बन जाता। पर लेखक का, और साहित्य का, उन दिनों भी, मेरे लिए विशेष आकर्षण था। बाद में कॉलेज का छात्र हो जाने पर मेरी आँखें उस अध्यापक के चेहरे पर लग जाती थीं जो हमें साहित्य पढ़ाता था। वह तो मुझे किसी यूनानी देवता जैसा सुन्दर लगा करता था। वह भी गोरा-चिट्टा था, नाजुक गोरे-गोरे हाथ और घुँघराले बाल। कविता पढ़ाते समय, उसके शब्दों में से फूट-फूटकर निकलने वाली भावना, उछाह, आकाश की ऊँचाइयों में पंख फैलाए लार्क पक्षी की उन्मुक्त उड़ान की प्रेरणा का स्रोत, उसकी महत्त्वाकांक्षा! लगता, वह अध्यापक कविता के पंखों पर बैठाए, मुझे आकाश की ऊँचाइयों-बुलन्दियों में ले गया है।

अतीत की कोई याद, कभी-कभी, कैसे निखरकर सामने आ जाती है, एक झाँकी-सी, अपने सभी रंगों, आकृतियों, नयन-नक्श के साथ और एक मूक-सी लय दिल के तारों पर बजने लगती है। और उन दिनों की महक में हम साँस लेने लगते हैं। फिर, सहसा ही उस स्मृति-पटल पर धुन्ध-सी छाने लगती है, और आकृतियाँ धुँधलाने लगती हैं। केवल दिल के तारों पर अकुलाहट-भरी धुन देर तक बजती रहती है...

अजीब बात है। मैं अपने अतीत में से क्या खोजने निकला हूँ? जिसे मैं साहित्यिक वृत्ति समझ रहा हूँ, वह वास्तव में कभी थी भी या नहीं? क्या वह मन-भुलावा ही था? मैं किन बीज-कोशों को ढूँढ़ रहा हूँ जो जीवन में मेरी अधोगति का कारण बने? कौन जाने, कभी दूर बचपन में ऐसी वृत्ति रही भी हो, मेरे अन्दर कसमसाती भी रही हो और फिर अन्दर-ही-अन्दर मर या झुलस गई हो, या अब भी कहीं अधमरी पड़ी रह गई हो! संस्कारों, प्रवृत्तियों, अनुभवों की परत-दर-परत ढूँढ़ने पर भी भूमि के नीचे मुझे क्या मिलेगा? क्या आज भी मुझे, अपने को आश्वस्त कर पाने के लिए, अपनी सफाई देनी होगी? अपनी वकालत करनी होगी? क्या उस वकालत के लिए अतीत में से खोज-खोजकर प्रमाण निकालने होंगे? ऐसा सोचते हुए, कभी-कभी सहसा ही अन्दर से आवाज आती है : इस चेष्टा से कुछ हाथ नहीं लगेगा। तुम जानना चाहते हो कि कौन-सी वह घटना थी जिसने तुम्हारी जिन्दगी का काँटा बदल दिया था? घटना तो किसी प्रक्रिया के चरमबिन्दु पर पहुँच जाने पर ही घटती है, जबकि काँटा तो बरसों पहले से ही बदलने लगता है। उस घटना से मिलनेवाला झटका तो एक बहाना होता है।

बचपन पार करते न करते मैं अपना आत्मविश्वास बहुत कुछ खो बैठा था। तबीयत का बालसुलभ अल्हड़पन भी बहुत कुछ जाता रहा था। दूसरों को अपने से बड़ा और अपने को छोटा समझने की वृत्ति जड़ जमा चुकी थी। बालसुलभ उत्साह तो अभी भी था, पर उसकी अभिव्यक्ति स्वतंत्र रूप से न होकर, नक्काली में होती थी। किसी ने नाटक खेला तो मैंने भी उसकी देखा-देखी, अपने दोस्तों-यारों से कहा—चलो, नाटक खेलें। कभी कोई युवक, साइकल पर सवार, दूर पहाड़ की तलहटी तक जा पहुँचा, तो मैंने भी अपनी साइकल उठा ली, और किसी मित्र को साथ लिये, साइकल सवारी पर निकल पड़ा। अन्दर से यह नक्काली थी, पर बाहर से, अपने साथियों के सामने, ये बड़े मौलिक सुझाव बनकर सामने आते थे।

कुछ ही वर्ष पहले तक मैं बड़ा निर्भीक, बड़ा साहसिक, मनमौजी हुआ करता था। घर से निकलता और जिस ओर मन आता, घूमता-फिरता था। भागते छकड़ों पर कूदकर चढ़ जाता, बारिश के दिन कपड़े उतार फेंकता और नंगे बदन पर बारिश के छींटों का मजा लेते हुए, गली-गली और सड़क-सड़क भागता फिरता। मैं इतना बेपरवाह था कि हर तीसरे दिन रास्ता भटक जाता था और घरवाले मुझे ढूँढ़ते फिरते थे, यहाँ तक मेरे पिता ने मेरे गले में ताँबे का एक गोल-सा बाँध दिया था जिस पर पिता का नाम और घर का पता लिखा रहता था ताकि अगर मैं कहीं खो जाऊँ तो उसे पढ़कर कोई हितैषी मुझे घर पर छोड़ जाए। और मैं कभी अनाजमंडी में तो कभी किसी बाग में, तो कभी कहीं बटेरों की लड़ाई देखता हुआ पाया जाता। क्या दिन थे!

वह सब कैसे खत्म हो गया और मैं एक भीरु स्वभाव, संकोची, अन्तर्मुखी, सहमा-सहमा-सा व्यक्ति बनकर बड़ा होने लगा? क्या यह इस कारण था कि घर

में मेरी तुलना जब परिवार के अन्य बच्चों से की जाती तो मैं किसी गिनती में नहीं आता था। मैं, सबसे छोटा, सबसे दुबला, देखने में न तीतर, न बटेर। मेरी तुलना में अन्य सभी निश्छल, निष्कपट, दिल के साफ थे, जबकि मैं घुन्ना था। अन्य सभी खुलकर हँसते-बोलते थे जबकि मैं अन्दर-ही-अन्दर कुढ़ने, बिसूरने वाला लड़का था। ऐसी स्थिति में मेरे अन्दर विद्रोह की भावना जागने के बजाय हीन भावना पैदा होने लगी थी। और हीन भावना के साथ-साथ अपराध-भावना भी। यह टिप्पणी कि मैं घुन्ना हूँ, साफदिल लड़का नहीं हूँ, मेरे अन्दर कोई खोट है, मेरे दिल की गहराइयों में बैठ गई थी। और मैं इसे सच मानकर अन्दर-ही-अन्दर बेचैन रहने लगा था।

मेरी मानसिकता अजीब टेढ़े-मेढ़े भूमिगत रास्तों पर पड़ती जा रही थी। कभी कोई घर में या घर के बाहर मेरी तारीफ कर देता तो दिल ठिकाने पर आ जाता, दिल पर से कोई छाया-सी हट जाती, मैं हँसने-बोलने लगता, घर-बाहर के किस्से भी सुनाने लगता, तरह-तरह के करतब भी करने लगता, पर ऐसे अनमोल क्षण बहुत कम मिल पाते। फिर, कभी कोई अध्यापक या पिताजी का कोई मित्र-सम्बन्धी मेरी ओर देखकर टिप्पणी कर देता, 'जीता रहे बरखुरदार, पर इसके और इसके बड़े भाई में उतना ही अन्तर है जितना नार्थ पोल और साउथ-पोल में,' तो मैं, कुछ देर तक खुली हवा में साँस लेते रहने के बाद फिर से अपने घुटन-भरे आन्तरिक माहौल में लौट जाता, जो निश्चय ही मेरे लिए बड़ा यातनापूर्ण हुआ करता था। मुझे अपना कद-बुत और भी बौना, और अपना व्यक्तित्व और भी ज्यादा नगण्य और तुच्छ जान पड़ने लगता।

इसी के साथ बाद में अपराध-भावना पनपने लगी थी जो किसी विष-बेल की भाँति मेरे स्वतंत्र विकास का गला घोंटने लगी थी और जो बाद में मेरे समूचे जीवन पर फैलती चली गई थी।

पर बचपन में हम यातनाएँ तो भोग सकते हैं पर निष्पक्ष रूप से गुण-दोष का विश्लेषण नहीं कर सकते। उधर जिजीविषा, बलवती जिजीविषा, पूरे वेग से हमें आगे की ओर धकेल रही होती है—उस झरने की भाँति, जो बड़ी-बड़ी चट्टानों के नीचे से भी अपना रास्ता बनाता हुआ बाहर निकल आता है। कुंठाएँ भी अभी तक जड़ नहीं जमा चुकी होती हैं। दुनिया को देख पाने के लिए उत्सुकता और आग्रह भी बराबर बने रहते हैं और मन की प्रवृत्तियाँ भी अपना प्रोत्साहन कहीं-न-कहीं से ग्रहण करती रहती हैं।

तभी मैंने पाया कि मैं ज्यादा वक्त अकेला रहने लगा था। मुझे अकेलेपन में रहना अधिक सन्तोषजनक लगने लगा था। वहाँ मैं किसी के प्रति उत्तरदायी नहीं था। तभी से मैं ज्यादा वक्त अकेला रहने लगा था। और अकेला बैठे-बैठे मैं दिवास्वप्न भी देखने लगा था। तरह-तरह के उन दिवास्वप्नों में मैं हीरो के रूप में उभरने भी लगा था। दुनिया मेरे करतब देखती और अश-अश करती। उन दिवास्वप्नों में मेरा

बौनापन, मेरी नगण्यता ढूँढ़े नहीं मिलती थी। इन दिवास्वप्नों की दुनिया मेरे अनुकूल थी, इनमें घंटों रमा रह सकता था। इनमें मैं बाँहें फैलाए, हवा में उड़ सकता था, लम्बी से लम्बी उड़ानें भर सकता था, अन्तरिक्ष की ऊँचाइयाँ लाँघ सकता था।

यह अपनी यथार्थ स्थिति से पलायन था। अपने से पलायन था। पहले, कभी-कभी, मैं बौखलाया हुआ, अपने बंधन तोड़कर भाग निकलता था, या किसी से भिड़ जाता था। किसी को अपने नाखूनों से नोच डालता था। पर अब, मैं निराले में सुरक्षित-सा बैठा, दिवास्वप्नों में खो जाने लगा था—बाहर के सभी दरवाजे बन्द किए हुए।

शायद यही मेरी जिन्दगी का वह मोड़ था, जहाँ से मैंने अलग रास्ता अपना लिया था। यदि मैंने उस समय मन-ही-मन अपने छुटपन को स्वीकार नहीं किया होता, यदि अपने बारे में नकारात्मक टिप्पणी सुनते हुए मेरा दिल बैठ नहीं जाता बल्कि रोष से भर उठता, मन-ही-मन अपने को कचोटने-खाने के बजाय, अपना आत्मसम्मान बनाए रखता, अपनी लीक पर बना रहता, अपने स्वभावानुसार मनमानी करता रहता, तो बच जाता। पर ऐसा नहीं हुआ। अपने को छोटा मान लेने के बाद, अगली सीढ़ी विनम्रता की थी—'मैं मूरख, खल, कामी, कृपा करो भरता' वाली भावना की सीढ़ी—अपनी हीन भावना को विनम्रता मान लेना, एक दोष को गुण का दर्जा दे देना, इससे बड़ी आत्मप्रवंचना क्या होगी ? और मैं उत्तरोत्तर विनम्र होता जा रहा था। भय, संकोच, आन्तरिक अवसाद, भीरुता—सभी को विनम्रता ढके रहती थी। इतनी छोटी उम्र और इतना विनम्र—लोग मेरी तारीफ करने लगे थे, और मुझे इसमें सन्तोष मिलने लगा था। ऐसी मानसिकता बरबस ही भक्तिभाव की ओर ले जाती है। और मैंने पाया कि मैं भक्तिरस के पद गुनगुनाने लगा था :

> जाँ बैठा दे तित ही बैठूँ
> बेचे तो बिक जाऊँ।

धीरे-धीरे मैं अपने लिए एक दर्शनशास्त्र गढ़ रहा था, जिसमें व्यवहार की दुनिया में माने जानेवाले सभी अवगुण, गुण बनकर उभर रहे थे। भय भी एक गुण बन गया था। मैंने अनेक तर्क ढूँढ़ रखे थे : भय हमें अहंकार से बचाए रखता है। भय हमें दु:साहसिक कार्यों, जोखिमों से बचाए रखता है। दुष्कर्मों से भय में विश्वास रखनेवाला व्यक्ति अपने कर्तव्य का पालन करता है, कोई नियम नहीं तोड़ता। अच्छा नागरिक बनता है। समतल जीवन बिताता है, अपने लिए तनाव पैदा नहीं करता। अपने लिए गुंझल पैदा नहीं करता। अपने दुश्मन नहीं बनाता। व्यसनों में नहीं पड़ता। उसकी सेहत भी अच्छी रहती है, आदि-आदि। पूरा का पूरा दर्शनशास्त्र मैंने अपने लिए गढ़ लिया था जो पलायन की मानसिकता के सर्वथा अनुरूप था। और इसके फलस्वरूप मैं बहुत कुछ अपनी आन्तरिक यातना से मुक्त हो गया था। और धीरे-धीरे एक 'भलामानुस' माना जाने लगा था।

इसी दौरान मैं साहित्य-सृजन के प्रति उन्मुख हुआ था। ऐसा दिवास्वप्न देखने के कारण हुआ हो, अथवा अधिक समय निराले में बने रहने के कारण, अथवा किसी जन्मजात प्रवृत्ति के कारण, कहना कठिन है, पर यह सही है कि लाल जिल्दवाली एक कॉपी में मैं अपने उद्‌गार व्यक्त करने लगा था।

मेरे पिता को अनेक दोहे और पद और शे'र कंठस्थ थे, और वह गाहे-बगाहे उन्हें बोलकर सुनाते भी थे, पर लेखन-कार्य से उन्हें चिढ़ थी। उन्हें विश्वास था कि साहित्य-सृजन करनेवाला व्यक्ति अपनी जिन्दगी बर्बाद करता है। साहित्य-सृजन को वह एक 'व्यसन' मानते थे और व्यसन से ग्रस्त व्यक्ति कर्मठ नहीं रहता, व्यवहारकुशल नहीं होता, किसी कल्पना-लोक में भटकता फिरता है, 'झक्ख' मारता फिरता है।

शुरू-शुरू में, कॉलेज की शिक्षा पूरी कर चुकने पर जब मैं घर लौटकर कभी-कभी शाम के वक्त हाथ में कोई नॉवल ले बैठता तो वह मुझे बड़े प्यार से समझाते, 'यह वक्त कमरे के अन्दर बैठकर किताब पढ़ने का नहीं है। इससे आँखें खराब हो जाएँगी। यह वक्त खुली, ताजा हवा में घूमने का है...' और मैं एक आज्ञाकारी पुत्र की भाँति किताब छोड़कर घूमने निकल जाता था। पर मेरी रुचि के प्रति उनका संशय बराबर बना रहा। पढ़ाई के ही दिनों में एक बार अंग्रेजी का उपन्यास पढ़ रहा था जब वह कमरे में चले आए थे और मेरे हाथ में उपन्यास देखकर बरस पड़े थे, 'यह तुमने लेटकर पढ़ना कहाँ से सीखा है?...तकिया दोहरा करके सिर के नीचे रख लेते हो, यह क्या तरीका है? इतने ही बड़े अमीरजादे बन गए हो? दो दिन में तकिए की सीवन फट जाएगी, तकिया चौपट हो जाएगा। उसकी रुई निकल आएगी।'...फिर बाहर जाने से पहले, सहसा ही उन्हें खयाल आया कि देखूँ तो यह क्या पढ़ रहा है, और वह लौट आए और मेरे हाथ से पुस्तक लेकर उसके पन्ने पलटने लगे।

''वुमेन इन व्हाइट'' (श्वेतवसना नारी)—यह क्या किताब है?' गुस्से से उनकी आँखें निकल आई थीं और उन्होंने मेरी ओर इस तरह देखा, जैसे मुझे रँगे हाथों पकड़ लिया हो! 'तुम इस तरह की लचर किताबें पढ़ते हो?'

तब तक मैं खाट पर से उठ बैठा था पर उनके गुस्से के बावजूद मैं घबराया नहीं था।

'यह मेरे कोर्स की किताब है, पिताजी! इसमें मुझे परीक्षा देनी है।'

इस पर वह और गुर्राए।

'अगर कॉलेज में तुम्हें यह कुछ पढ़ाते हैं तो मैं तुम्हें कॉलेज में से उठा लूँगा।' और फिर, न जाने किस आवेश में उन्होंने किताब को खिड़की के बाहर फेंक दिया।

'पिताजी, यह मेरे कोर्स की किताब है, आप...'

और मैं भागता हुआ सीढ़ियों की ओर लपका कि किताब को गली में से उठा लाऊँ!

डाँट-डपट के बावजूद मेरी उत्सुकता मरी नहीं थी। मैंने लेटकर पढ़ना तो छोड़ दिया, पर नॉवल पढ़ना नहीं छोड़ा था। मेरे पिता को भी पुन: विचार करने का मौका मिला होगा क्योंकि वह कुछ दिन बाद मेरे लिए अंग्रेजी में लिखी दो शिक्षाप्रद पुस्तकें 'स्माइल्स सेल्फ हेल्प'...और एक और पुस्तक, जिसका मैं नाम भूलता हूँ, ले आए थे।

मैं लुके-छिपे कविता करने लगा था, पर पिता के रुख को देखते हुए मैं कविताओं की अपनी कॉपी उनकी नजरों से छिपाए रहता था, मैं उसे अपने बिस्तर के नीचे छिपा देता था।

तभी एक दिन वह भी पकड़ी गई थी। तब मैं कॉलेज की पढ़ाई लगभग पूरी कर चुका था और परिणाम की प्रतीक्षा कर रहा था। वह स्वयं अपनी कोई डायरी ढूँढ़ रहे थे जब खाट के नीचे देखते हुए उन्हें यह लाल जिल्दवाली कॉपी नजर आ गई थी। उनकी अपनी डायरी पर भी लाल रंग की जिल्द चढ़ी थी।

'मिल गई डायरी!....यह रही।' वह चिल्लाए थे, पर जब खींचकर उन्होंने कॉपी को निकाला और उसके पन्ने पलटने लगे तो उनका पारा तेज होने लगा। उन्हीं दिनों मैं उनके व्यापारिक कार्यों में थोड़ा-बहुत हाथ बँटाने लगा था और उन्होंने अपने एक ब्रोकर को मुझे व्यापार के तौर-तरीके समझाने की ड्यूटी लगा रखी थी।

मेरे पिता घबरा उठे थे। यह लड़का अगर कविताएँ कहने लगा तो मेरा व्यापार तो चौपट हो जाएगा। जैसा मैंने कहा, उन्हें कविता से द्वेष नहीं था, पर उन्हें कवियों से चिढ़ थी। वे अपाहिज, नमकहराम, उचक्के होते हैं—न काम, न धाम, निठल्ले बैठे तुकबन्दी करते रहते हैं। कविता के तो वह प्रशंसक थे पर कविता लिखनेवाले को दो कौड़ी का उचक्का समझते थे।

मेरी लाल कॉपी को वह रसोईघर में ले आए थे और मेरी माँ और भाई-बहन की आँखों के सामने उसे जलते चूल्हे में झोंक दिया था। देखते-ही-देखते मेरे अरमान मेरी आँखों के सामने झुलसने लगे थे।

रसोईघर में सभी चुप थे, सभी एक-दूसरे की ओर देखने लगे थे। केवल माँ के मुँह से निकला था, 'यह क्या कर रहे हो, जी? बच्चे की कॉपी जला रहे हो?' और माँ ने चूल्हे के अन्दर हाथ डालकर बाहर खींचने की कोशिश की, पर तब तक कॉपी की लाल जिल्द का एक कोना स्याह पड़ चुका था, और पन्ने मुड़ने लगे थे और आग की लपटें उन्हें चाटने लगी थीं।

'कुछ तो सोचा करो जी, यह आपने क्या किया है? कोई ऐसे भी अपने बच्चों के साथ करता है?' माँ बोली थीं।

मैं जड़वत् बैठा देखे जा रहा था। मुझे यों परेशान देखकर मेरी बहनों की आँखें भर आई थीं।

'मैंने जो कुछ किया है, इसी के भले के लिए किया है।' पिता अपने आसन पर बैठते हुए बोले थे।

तब तक कॉपी जलकर राख हो चुकी थी और चूल्हे की आग, जो पहले भड़क उठी थी, धीरे-धीरे धीमी पड़ती जा रही थी।

माँ व्याकुल हो उठी थीं।

'यह तुम आए दिन क्या करने लगे हो जी,' कहते-कहते माँ का गला भी रुँध गया था।

'बेटे की कॉपी जलाकर उस पर रोटियाँ सेंकूँ? कुछ तो सोचा करो। तुम क्यों इतने निष्ठुर होते जा रहे हो?'

पिता चुप हो गए थे। उसके बाद वह कुछ नहीं बोले। कोई भी कुछ नहीं बोला, केवल माँ ने इतना-भर कहा, 'तुम्हारा बेटा अब बड़ा हो गया है। अपना घर-बाहर बसानेवाला हो गया है। यह क्या सोचेगा? इसके दिल को ठेस लगाते हो, बहुत बुरा करते हो।'

और माँ, दुपट्टे से अपनी आँखें पोंछती हुई, फिर से चूल्हे में ईंधन डालकर आग को चमकाने और रोटियाँ सेंकने लगी थीं।

इस घटना के कुछ ही समय बाद मुझे मेरे एक प्राध्यापक का पत्र मिला, जिसमें उन्होंने किसी सरकारी नौकरी की चर्चा की और लिखा कि उनसे कुछ सुयोग्य युवकों के नाम सुझाने को कहा गया है और यह भी लिखा था कि उन्होंने ऐसे चार-पाँच नाम सुझाए हैं, 'जिनमें तुम्हारा भी नाम शामिल है।' शेष पत्र में उस नौकरी के द्वारा मेरे सामने खुलनेवाली सम्भावनाओं का जिक्र था और कहा था कि 'तुम फौरन ही उस कार्यालय के डायरेक्टर से मिलने अमुक नगर में पहुँच जाओ। ऐसे अवसर जीवन में कभी-कभी ही आते हैं।'

मेरे सामने सम्भावनाओं का द्वार नहीं, मुक्ति का द्वार खुल रहा था। घर से निकल जाऊँ, मनचाही जिन्दगी जिऊँगा। पर क्षणभर के लिए ही ऐसा उछाह मेरे अन्दर उठा होगा। शीघ्र ही मेरी प्रतिक्रिया दो हिस्सों में बँट गई। घर छोड़ने का मतलब होगा, पिता के व्यापार-कार्य में से निकल आना, अलग हो जाना। इसका मतलब होगा, बड़ी उम्र में माता-पिता को छोड़ जाना। पिता की अपेक्षाओं को ठुकरा देना, अपने हित का सोचना, स्वार्थी होना। धीरे-धीरे यह दृष्टि मुझ पर हावी होने लगी थी। पर दूसरी प्रतिक्रिया उस समय होती जब मेरा मन दायित्व-बोध से बोझिल होने लगता, जब वह इस दायित्व-बोध से छुटकारा पाना चाहता था, और उस समय मैं बैठा-बैठा दिवास्वप्न देखने लगा—अमुक नगर में मैंने नौकरी कर ली है। चमचमाते जूते, ऊपर बढ़िया कोट-पैंट-टाई डाटे, ताजा-ताजा शेव बनाए मैं दफ्तर को जा रहा हूँ। सुबह की ताजा हवा मेरे बालों से खेल रही है। दफ्तर के बाहर खड़ा चपरासी सलाम ठोंककर दरवाजा खोलता है।...हर ऐसे दिवास्वप्न में मैंने चमचमाते जूते पहन रखे होते; सफेद, उजली कमीज में धारीदार नीले रंग की धारीदारी नेकटाई

लगी होती, चेहरे पर से बढ़िया क्रीम की महक आ रही होती।...बढ़िया कपड़े और चमचमाते बूट मेरे लिए सरकारी नौकरी का ही नहीं, व्यक्तिगत मुक्ति का भी पर्याय बन गए थे।

प्राध्यापक का वह पत्र भी पिता के हाथ लग गया था। मैं अभी द्विविधा में था कि इसकी चर्चा उनसे करूँ या नहीं करूँ, करूँ तो कैसे करूँ और कब करूँ, जब मेरी मेज पर पड़े उस पत्र पर उनकी नजर चली गई। वह उस दिन भी शायद अपना ही कोई कागज ढूँढ़ रहे थे—और पढ़ते समय उनका हाथ ठिठक गया था। वह खड़े-खड़े ही देर तक उसे पढ़ते रहे। लगता है, दो-तीन बार उसे पढ़ गए होंगे, जब वह फिर से कुछ सोचते हुए-से खड़े रहे। पत्र को उन्होंने मेज पर रख दिया और चलने को हुए, फिर लौट आए, पत्र को उठाकर जेब में डाल लिया, पर दरवाजे तक पहुँचते-पहुँचते फिर लौट आए और पत्र को मेज पर रखकर उन्हीं कदमों कमरे में से बाहर निकल गए।

उसके बाद सहसा ही पिता मेरे साथ अत्यधिक विनम्र हो उठे। शायद यह सोचकर कि मैं घर छोड़ जाऊँगा, और इससे भी अधिक असह्य सम्भावना, कि मैं उनके व्यापार को छोड़ जाऊँगा, वह डर-से गए थे। ऐसी ही उनकी मन:स्थिति रही होगी क्योंकि वह उसी शाम मेरे कमरे में आए और मेरे बिस्तर की पाटी पर बैठ गए। ऐसा उन्होंने पहले कभी नहीं किया था। वह आते तो खड़े-खड़े ही कोई हुक्म सुनाकर या डाँट-डपटकर चले जाया करते थे।

उन्होंने मेरा हाथ अपने हाथ में लिया और बोले, 'बेटा, अगर तुम्हें अच्छी सरकारी नौकरी मिलती है तो मैं तुम्हें नहीं रोकूँगा। पर नौकरी करने से पहले सोच-समझ लो,' कहते हुए वह तनिक ढीले पड़ गए, और बड़ी अनौपचारिक आवाज में कहने लगे, 'पंजाबी में एक कवित्त है :

उत्तम खेती,
मध्यम व्यापार,
निखिद्ध चाकरी!

'किसी की चाकरी करना सबसे बुरा। तुम्हें शायद मालूम नहीं, मैंने भी अपनी जिन्दगी नौकरी से ही शुरू की थी। कमसरीट में दस रुपए महीना पगार पर मैं क्लर्क भरती हुआ था। सोलह साल की उम्र में। सुबह सात बजे घर से जाता था, शाम सात बजे लौटता था। तीन महीने के अन्दर-अन्दर चेहरा पीला पड़ गया था। पर मैं तो गरीब घर का था। मुझे तो जो मिला, करना था। तुम्हें तो अच्छी नौकरी मिलेगी, पर मैं कहूँगा, अपना लाभ-हानि सोच लो।' कहने के बाद वह कुछ देर तक सिर झुकाए कुछ सोचते रहे, जिससे मुझे लगा कि वह अपने अतीत की स्मृतियों में खो गए हैं और शायद अपनी गरीबी के दिन याद कर रहे हैं, फिर वह चुपचाप उठकर चले गए।

वह तो चले गए पर मेरा उत्साह बहुत कुछ ठंडा पड़ गया। दिवास्वप्न तक देखने का उत्साह नहीं रहा।

दूसरे दिन, अचानक ही, वह अपना लैजर उठा लाए। उस लैजर में उनकी आमदनी के आँकड़े दर्ज रहते थे। ऐसा ही मेरा अनुमान था, क्योंकि वह लैजर, लोहे की अलमारी में रखा रहता था। पर उस दिन वह मेरे पास बैठकर लैजर के पन्ने पलटते हुए बताते रहे कि प्रतिवर्ष किस-किस मद में उन्हें कितनी-कितनी आमदनी होती रही है। सुनकर मैं भी हैरान रह गया था कि व्यापार से इनकी इतनी अच्छी आमदनी हो जाती है।

'अगर मैं कमसरीट की नौकरी में लगा रहता तो आज भी वहीं पर बैठा होता। शायद क्लर्क से हैडक्लर्क बन गया होता, पर करता क्लर्की ही। अपना व्यापार, अपना ही होता है।'

पिता को इतना विनम्र मैंने पहले कभी नहीं देखा था। और मुझे विश्वास होने लगा था कि वह मेरे ही हित का सोच रहे हैं।

इसके बाद दो ही दिन बीते होंगे कि सरकारी दफ्तर से तार आ गया कि अमुक दिन सुबह ग्यारह बजे, इंटरव्यू के लिए अमुक नगर में पहुँच जाओ। और वह तार पिताजी ने स्वयं ही पोस्टमैन से लिया था।

कोई और समय होता तो ऐसा तार पाकर मेरा उत्साह लौट आता, पर जैसी मन:स्थिति मेरी बन रही थी, उसमें इस तार के बारे में जानकर मात्र इतनी ही तसल्ली हुई कि कहीं पर मुझे भी इस योग्य समझा गया है कि मुझे इंटरव्यू के लिए बुलाया जाए। अन्दर-ही-अन्दर मैं धीरे-धीरे इसी नतीजे पर पहुँच रहा था कि मुझे उस नौकरी का खयाल छोड़ देना चाहिए। पर वह तार पाने पर इतना प्रोत्साहन जरूर मिला कि मैं इंटरव्यू पर जाऊँ और वहाँ इनकार करके घर लौट आऊँ। इससे मेरा आत्मसम्मान बराबर बना रहता।

पर उस शाम जो कुछ हुआ, उसके बारे में आज भी सोचकर दिल बैठ-सा जाता है।

पिताजी मेरे कमरे में आए। विनम्रता के स्थान पर वह बेचैन थे, कुछ-कुछ चिढ़े हुए थे। खाट की पाटी पर बैठते ही बोले, 'क्यों मुझे परेशान करने पर तुला हुआ है? क्या मुझे इस उम्र में भी तुमसे किसी मदद की आशा नहीं करनी चाहिए? मैं कितने दिन और व्यापार कर पाऊँगा?' और कहते हुए उन्होंने अपने सिर पर से पगड़ी उतार दी और बोले, 'इन सफेद बालों पर तो रहम कर! तुम्हें इतना ही ज्यादा सरकारी नौकरी का मोह हो गया है?'

मेरा दिल धक्-से रह गया था। पिताजी यह क्या कर रहे हैं? पिताजी से तो मैं डाँट-फटकार की अपेक्षा किया करता था। मुझे लगा, जैसे मन-ही-मन वे बहुत दुखी हैं। पर मैं उनको ढाढ़स बँधाने के लिए क्या कहता? क्या कभी बेटा भी बाप को ढाढ़स बँधाता है?

तभी मन-ही-मन मैंने प्रण कर लिया कि कभी कलम हाथ में नहीं लूँगा और पिताजी के व्यापार में तन-मन से जुट जाऊँगा।

यदि मेरे पिता अपने सफेद बालों का वास्ता नहीं डालते, अपना सिर झुकाकर, बार-बार भावावेश में यह नहीं कहते, 'इन सफेद बालों पर रहम कर' तो शायद मैं इतना विचलित महसूस नहीं करता। शायद किसी दिन मेरी कलम भी चल निकलती। बरसों बाद मैंने जाना कि बच्चों से अपनी बात मनवाने के लिए माँ-बाप तरह-तरह के नाटक भी करते हैं। पिता के बाल जरूर सफेद हो गए थे, पर उनका स्वास्थ्य अच्छा था, नियमित रूप से सुबह घूमने जाते थे, मुँह पर रौनक रहती थी, फिर भी उन्होंने बुढ़ापे का वास्ता डाला था। यदि मैं उस वक्त घर से निकल जाता, उस नौकरी के लिए चुन लिया जाता या कहीं अपना रास्ता बना लेता तो भी उनके स्वास्थ्य को कोई आँच नहीं आती, वह फिर भी बराबर घूमने जाते और अच्छा भोजन करते। सफेद बाल रहते हुए भी उनकी दिनचर्या में कोई अन्तर नहीं आता; बल्कि शायद बाद में वह मेरी इज्जत भी करने लगते। पर अब मैंने ठान लिया था कि तन-मन से अपने बूढ़े माँ-बाप की सेवा करूँगा, और उन्हीं की इच्छानुसार उनके व्यापार में हाथ बँटाऊँगा।

तभी से मेरे मस्तिष्क को उस रोग ने जकड़ लिया था जिसे अपराध-भावना कहते हैं। जीवन में से सारा उत्साह सोख डालनेवाला रोग, जीवन के सपनों-उमंगों का गला घोंटनेवाली विष-बेल। पर तब इसे मैं बड़ा स्वाभाविक गुण मानने लगा था, और अपने को एक कर्तव्यपरायण व्यक्ति, जो अपना फर्ज निभा रहा था।

शोभा का घर मेरे दफ्तर के रास्ते में पड़ता था। साइकल पर अपने दफ्तर की ओर जाते हुए मैं कई बार छोटे रास्ते से जाया करता जहाँ, एक जगह पर, एक खुला मैदान पड़ता था और उस मैदान के किनारे सरकारी अफसरों के बँगलों की पाँत थी। छोटे-छोटे बँगले, हरेक के बाहर छोटी-सी फुलवाड़ी। एक ही बनावट के बँगले, आँगन के पीछे बरामदा, बरामदे के दाएँ-बाएँ एक-एक कमरा, पीछे रिहायशी कमरे। उन्हीं में से एक बँगले में शोभा रहती थी।

मैदान पीछे छोड़ जाने के बाद मैं फिर से सड़कों के जाल में खो जाता था और टेढ़े-मेढ़े रास्तों से होता हुआ बड़े बाजार में जा पहुँचता था जहाँ मेरा व्यापारिक दफ्तर था।

आम तौर पर घर से निकलने में देर हो जाने पर ही मैं उस रास्ते से अपने दफ्तर जाता था। लेकिन फिर मैंने पाया कि रोज ही उस रास्ते से जाने लगा हूँ। और यह भी कि एक बँगले के सामने से गुजरते हुए मेरे दिल में हल्की-सी धड़कन भी होने लगी थी। कुछ दिन के बाद मैंने पाया कि वक्त रहते भी मैं वही रास्ता चुनने लगा था। घर में से निकलकर साइकल पर पहला पैडल मारने पर यह सवाल भी

मन में उठने लगा था कि आज वह घर के आँगन में या बरामदे में टहल रही होगी या नहीं ?

पहली बार जब मैंने उसे देखा तो उसके बाल खुले थे और वह हाथों में कोई किताब उठाए आँगन में ऊपर-नीचे टहल रही थी। गोरा, चौड़ा-सा चेहरा, लम्बे बाल, सिर को तनिक टेढ़ा किए वह अपनी किताब के पन्नों में खोई, एक ऊँची-सी झाड़ी के पीछे धीरे-धीरे टहल रही थी। उसका चेहरा मुझे कुछ-कुछ पहचाना भी लगा था।

मैं आगे बढ़ गया था। उसने मेरी ओर आँख उठाकर भी नहीं देखा था, केवल उसका चेहरा मुझे पहचाना-सा लगा था।

इस पहले साक्षात् का मुझ पर कोई विशेष प्रभाव नहीं पड़ा। वह मुझे किसी पुत्री-पाठशाला की छात्रा-सी लगी थी। कन्धों पर तौलिया फैलाए हुए थी—गीले बालों से अपने कुर्ते को बचाए रखने के लिए और यह भी मुझे अटपटा-सा लगा था।

'आज मैंने तेरी एक सहेली को देखा था।'

मैंने एक दिन अपनी बहन से कहा था। यह भी तीसरे-चौथे दिन बाद की बात थी जब मुझे दूसरी बार उसकी झलक मिली थी। तब भी उसके हाथ में किताब थी और वह आँगन की मुँडेर के साथ-साथ टहलती हुई उसे पढ़ रही थी। पर उस दिन उसकी नजर ऐन उस वक्त मेरी ओर उठ गई थी जब मैं उसके घर के सामने से गुजर रहा था। ऐसा अनायास भी हो सकता था। जैसे मेरी उड़ती नजर साइकल चलाते हुए, दाएँ-बाएँ उठ जाती थी, वैसे ही आँगन में टहलती उस युवती की नजर भी, सड़क की ओर घूम सकती थी।

'अरे हाँ, मैं समझी, शोभा होगी। सिविल लाइंस में रहती है, गोरी-चिट्टी ? मँझले कद की ? लम्बे-लम्बे बाल ? वही होगी। तुमसे कुछ कहती थी ?' मेरी बहन ने इस भाँति यह सवाल पूछा था मानो किसी राह जाते व्यक्ति के बारे में पूछ रही हो ! और मैंने भी उसके प्रति दिलचस्पी दिखाना सही नहीं समझा, और बात वहीं खत्म हो गई।

बात मुँह में से निकल जाने के बाद उसे देख पाने का आग्रह भी मेरे मन में शिथिल पड़ गया था। मन में बनती हुई गाँठ अपने-आप ही खुल-सी गई थी और मैं सामान्य-सा महसूस करने लगा था।

पर मैंने मैदान के रास्ते अपने दफ्तर को जाना नहीं छोड़ा।

तभी एक दिन, आँखों-आँखों में ही कुछ घट गया था और मेरे सामने सारा परिदृश्य ही बदल गया था।

उस रोज मैं उसके घर के सामने पहुँचा ही था कि वह बरामदे में आ गई थी। उसने साड़ी पहन रखी थी—गहरे हरे रंग की दक्षिणी चलन की साड़ी, जिस पर

लाल बॉर्डर लहरा रहा था। बरामदे के खम्भे पर एक हाथ रखे वह सड़क की ओर ही देखे जा रही थी।

तब वह मुझे कमनीयता और सौन्दर्य की प्रतिमूर्ति लगी थी। धुला-धुला, स्वच्छ, निर्मल व्यक्तित्व, निखरा-निखरा। तब, उसी क्षण, उस चेहरे की एक छाप-सी मेरे मन पर पड़ गई और मुझे लगा, जैसे कोई चमत्कार-सा हो गया है। उस चेहरे की छवि एक अमिट छाप मेरे मस्तिष्क पर छोड़ गई। बरसों बाद भी जब कभी शोभा मुझे याद आती तो उसकी वही छवि मेरी आँखों के सामने प्रकट हो जाती। जैसे उस छवि ने उसके चेहरे पर से उठकर अपना अलग अस्तित्व ग्रहण कर लिया हो—अपने में पूर्ण, अपने में स्वतंत्र, जिसकी छाप मेरे अन्तस्तल में उतर चुकी थी। होंठों पर हल्की-सी मुस्कान, आँखों में पहचान की हल्की-सी चमक, और स्वच्छ, निर्मल आकृति...। और मुझे लगा था, जैसे जन्म-जन्मांतर के बाद मैंने किसी को ढूँढ़-पा लिया हो!

यह सब क्षण-भर में हो गया था, क्योंकि दूसरे ही क्षण मैं पैडल मारता आगे निकल चुका था।

उस साक्षात् ने मुझे उत्तेजित करने के बजाय शान्त कर दिया था। मैं सराबोर-सा महसूस करने लगा था।

यों जीवन में ऐसा अक्सर नहीं होता। जितनी देर प्रेम बना रहे, प्रेमिका के रूप की पहली छवि बनी रहती है, प्रेम कुम्हलाने लगे तो यह छवि भी फीकी पड़ने लगती है और यदि प्रेम मृतप्राय हो जाए तो छवि बिल्कुल ही आँखों से ओझल हो जाती है, और भूले-भटके कभी आँखों के सामने आ भी जाए तो भाग्य का कटु व्यंग्य बनकर आती है। पर मेरे साथ ऐसा नहीं हुआ, शोभा के रूप की लावण्यमयी छवि, जीवन के दुखद, संकटपूर्ण क्षणों में भी वैसी की वैसी बनी रही।

यह साक्षात् ही नहीं, यह अनुभव भी अपने में विचित्र रहा था। बरसों पर बरस बीते, जिन्दगी के धक्के-थपेड़े पड़े, क्या से क्या हो गया, पर जब भी मेरी आँखें उसे देखतीं, उसका पहला रूप ही मेरी आँखों के सामने प्रकट होता।

इस अनुभव का विश्लेषण मैं नहीं कर सकता। यह एक अनुभव था और उसने मेरी मानसिकता को बदल दिया था। चेहरे की वह छवि, पत्नी के चेहरे के साथ एकाकार नहीं हुई, घुल-मिल नहीं पाई। वह सदा अलग बनी रही, और मेरी स्थिति की यही विडम्बना भी थी।

जो कुछ मैं सुना रहा हूँ, उसमें शायद असामान्य कुछ भी नहीं। प्रेम जब दिल का दरवाजा खटखटाता है तो किसी ऐसी ही रूपसी को साथ लिये होता है जिसका रूप साधारण होते हुए भी किसी दैवी आभा से मंडित होता है। प्रकृति का यही सबसे बड़ा चमत्कार है और सबसे बड़ा वरदान भी। ऐसी ही आभा भगवान की सृष्टि पर भी छिटकी रहती है, ऐसे ही दैवी स्वर पक्षियों के कंठ से भी फूटते हैं, और बच्चों

के हास में से भी। इन्हीं को देखते–सुनते हुए, इन्हीं के सहारे मनुष्य अपनी जिन्दगी जी जाता है। वह व्यक्ति निश्चय ही बड़ा बदनसीब होगा जो इस अनुभव से वंचित रह गया हो।

उस दिन मैं हवा में उड़ता हुआ, किन्हीं पंखों पर सवार दफ्तर पहुँचा था।

व्यापार का दायित्व अपने ऊपर लेने के बाद मैं नियमित रूप से बाजार जाने लगा था, बल्कि कुछ ही समय बाद मैंने बड़े बाजार में अपना दफ्तर भी खोल लिया था। सुबह नौ बजे ही, नमूनों का बैग उठाए मैं बाजार में पहुँच जाता था, और एक दुकान से दूसरी दुकान 'ऑर्डर' प्राप्त करने की कोशिश करता। कॉलेज में तालीम पानेवाले हर युवक की अपनी अकड़ होती है, एक प्रकार का स्वाभिमान, पर अब मैं दुकानदारों के सामने, छोटे–छोटे टुटपूँजिया दुकानदारों के सामने भी ऑर्डर प्राप्त कर पाने के लिए घिघियाने लगा था।

कोई भी दुकानदार यह पसन्द नहीं करता कि जिस समय ग्राहक दुकान पर आ रहे हों, उस समय कमीशन एजेंट नमूनों का बैग खोलकर उनके सामने बैठ जाए। इसलिए या तो सुबह–सवेरे का वक्त, जब दुकानें खुलती हैं, या बाद दोपहर को वह नमूने देखना पसन्द करता है।

कई बार, गर्मी के दिनों में दुकानदार, अपनी दुकान के अन्दर ही सो रहा होता या अपने किसी काम से बाहर गया होता, पर मैं चुपचाप, इस इन्तजार में दुकान के चबूतरे पर बैठा रहता, कि कब वह नींद से जागेगा और मेरे नमूने देखेगा। कई बार जाग जाने पर जब दुकानदार की नजर मुझ पर पड़ती तो वह बौखला उठता, जैसे कोई अपशगुन हो गया हो!

'क्या है बाबू, सारा दिन गर्दन पर सवार रहते हो, तुम्हारा कोई वेला–वक्त नहीं है?'

पर कभी, जब वह अच्छे मूड में जागता तो मुझे देखकर मुस्करा भी देता, स्वयं ठंडे जल का गिलास पीने लगता तो मुझसे भी पूछ लेता। पर अक्सर दुकानदारों का रवैया कमीशन एजेंट के प्रति अवहेलना का होता है, ऐसा ही मेरे प्रति भी था।

मैं सब तरह के कड़वे घूँट पी जाता। यहाँ तक कि मेरे अन्दर इस बात का एहसास ही मरने लगा था कि मेरे साथ बेरुखी हो रही है, कि दुकानदार बददिमाग आदमी है। यदि मुझे ऑर्डर मिल जाता तो मुझे सारी बेरुखी भूल जाती, मेरी सारी थकान दूर हो जाती और मैं भागता हुआ घर पहुँचता—पिता को यह बताने के लिए कि मुझे कितने ऑर्डर मिले हैं।

कुछ धंधे बने ही मनुष्य का अपमान करने के लिए हैं, उसे तिरस्कृत करने के लिए, उसकी हेठी करने के लिए। मेरे अन्दर वह उन्स ही मरता जा रहा था जो हेठी होने पर तड़प उठता है। व्यापार के प्रति ऐसे उत्साह को मैं रुग्ण उत्साह का नाम ही

दूँगा। इस प्रकार के उत्साह के कारण उन कटु अनुभवों को भी यह समझकर स्वीकार कर लेता कि जिस कार्यभार को मैंने अपने ऊपर लिया है, यह उसका नैसर्गिक अंग है कि बाजार में दलालों, एजेंटों के साथ ऐसा ही व्यवहार होता है, कि मैं एक एजेंट ही हूँ, और मुझे एजेंट के भाग्य को स्वीकारना होगा। मैं अपने पिता का बोझ हल्का कर रहा हूँ, मैंने जो वचन दिया था, उसे निभा रहा हूँ।

कभी-कभी मुझे बाजार में काम करनेवाले अन्य दलालों से ईर्ष्या होती। चिकना-चुपड़ा पतली-पतली मूँछों वाला बृजलाल, नमूनों की पोटली बगल में दबाए, चहकता हुआ दुकान के चबूतरे पर चढ़ता, पान चबाता हुआ, दुकानदारों के साथ बतियाता, सुरती की चुटकी मुँह में डालता, ऑर्डर का काम मिनटों में कर लेता और इसी तरह बाजार के किस्से सुनाता—किस चीज का भाव गिरा है और किसका चढ़ा है—दुकान पर से उतर जाता। वह बतिया सकता था जबकि मेरे मुँह पर ताला चढ़ा रहता था। मैं बड़ी शराफत से बात करता था और बदले में जूते खाता था, जबकि वह गप्पें हाँकता हुआ, हँसता-बतियाता, ऑर्डर ले जाता था। वास्तव में मैं भीरु स्वभाव, अपराध-भावना से ग्रस्त, निपट अकेला और अन्तर्मुखी वृत्ति का व्यक्ति बनता जा रहा था। दुखी होता तो भी अन्दर-ही-अन्दर और जो कभी गुदगुदी उठती तो भी अन्दर-ही-अन्दर। इसी काम को मैं स्वाभाविक ढंग से अपना काम समझकर कर सकता था—बिना विचलित हुए अथवा कुंठित महसूस किए। लेकिन मेरी मानसिकता में तरह-तरह की गाँठें पड़ती जा रही थीं। आत्म-प्रवंचना बुरी तरह से मुझे अपनी दबोच में लिये हुए थी।

एक दिन बाजार के काम से मैं जल्दी ही निबट गया। केवल एक दुकानदार से मिलना बाकी रह गया था और वह दुकान पर नहीं था। मुझे उसका इन्तजार करना था। तभी मुझे चाय पीने की तलब हुई। नजदीक ही गली के मुहाने पर एक सस्ता-सा ढाबा था—मैला, गंदा-सा। नाली के ऊपर ही उसने अपनी अँगीठी टिका रखी थी, उस पर रखी चाय की केतली में से सारा वक्त भाप निकलती रहती। उस दिन या तो बाजार से मिलनेवाले निष्ठुर व्यवहार के कारण रहा हो, या देर तक इन्तजार करते रहने की थकान के कारण, मैं बरबस उसी ओर चल पड़ा था। शायद कहीं आत्मानुकम्पा का रस लेनेवाला मेरा मन अन्दर-ही-अन्दर यह मानने लगा था कि मेरे जैसा व्यक्ति ऐसी चाय का ही अधिकारी रह गया है। एक ओर आत्मानुकम्पा, दूसरी ओर अपराध-भावना से पैदा होनेवाली विनम्रता, मैं कदम बढ़ाता उस ढाबे तक जा पहुँचा था।

गली के सिरे पर मटमैले रंग का प्याला हाथ में लिये, मैं उस कड़क चाय की चुस्कियाँ ले ही रहा था, जब मेरी नजर नजदीक ही पटरी पर बिछी किताबों पर पड़ी। पुरानी किताबें बेचनेवाला कोई कबाड़ी, गली के मुहाने के पास ही, पटरी पर फटी-पुरानी किताबें सजाए बैठा था। इनमें पुराने किस्से भी थे, हीर-राँझा की

दास्तान भी थी, कुछेक अंग्रेजी के जासूसी और दीगर उपन्यास भी थे। चाय पी चुकने पर मैं निष्प्रयोजन ही उस पटरी पर जा खड़ा हुआ था, पर दूसरे ही क्षण, किसी भावावेश में, पैरों के बल बैठ गया था, और उन चिथड़ा किताबों के पन्ने पलटने लगा था।

तभी सहसा मेरे बदन में बिजली दौड़ गई। मेरे हाथ में वह किताब थी जिस पर मेरा नाम लिखा था 'दिस बुक बिलोंग्स टु...' आगे मेरा नाम था। यही वह पाठ्यपुस्तक थी जिसे मेरे हाथ से छीनकर पिताजी ने गुस्से से खिड़की के बाहर फेंक दी थी—'श्वेतवसना नारी' (वुमेन इन व्हाइट), बावजूद इसके कि मैं चिल्लाता रहा था कि वह मेरे पाठ्यक्रम की पुस्तक है और इसमें से मुझे इम्तहान देना है। बाद में मैं भागता हुआ नीचे गली में गया था, पर वह पुस्तक मुझे नहीं मिली थी। पुस्तक हाथ में लेते ही मेरा जी भर आया था। उसकी जिल्द उखड़ गई होगी, क्योंकि गहरे नीले रंग की जिल्द उस पर नहीं थी। पर पुस्तक के अन्दर जगह-जगह मेरे हाथ से बने निशान थे, कहीं पंक्तियों के नीचे लगी लीकें, कहीं हाशिए पर बने चिन्ह। मैंने मूल्य पूछा तो वह चार आने में उसे दे रहा था। मैंने जेब में से चार आने निकाले भी, मैं उठकर खड़ा भी हो गया, पर फिर, न जाने किस भावावेश में मैंने पुस्तक वापस फेंक दी, और पंजाबी का यह 'अखाण' बुदबुदाता हुआ :

'छोड़ियाँ गिदां, ते फिर की लैणा नां'

(एक बार अपना गाँव छोड़ दिया तो फिर उसका नाम बार-बार लेने में क्या तुक है!)

मैं वहाँ से हट गया।

इस छोटी-सी घटना को मुझे जल्दी ही भूल जाना चाहिए था, पर कहीं यह मेरे मानसपटल पर अपनी खरोंच छोड़ गई। कहीं अन्दर-ही-अन्दर मुझे बेचैन कर गई। एक बेचैनी वह होती है जो आग की लपट की तरह बल खाती हुई अन्दर से उठती है, और तुम्हें अपना रास्ता बदलने पर मजबूर कर जाती है। एक और प्रकार की बेचैनी वह होती है जिससे तुम्हारे हाथ-पाँव पहले से भी ज्यादा ठंडे पड़ जाते हैं और मन पहले से भी ज्यादा जड़ हो जाता है।

शोभा के प्यार ने मुझे सैकड़ों बन्धनों से एक झटके में ही जैसे मुक्त कर दिया था। मेरे लिए दुनिया फिर से रंगीन हो उठी थी। शोभा को निहारते रहना मेरे लिए सबसे बड़ा वरदान बन गया था। वह कुछ कह रही होती तो मैं उसके चेहरे के बदलते भावों, उसके होंठों पर थिरकती, ओझल होती मुस्कान को देखता रहता। कई बार उसकी बातों की ओर मेरा ध्यान ही नहीं जाता था। मैं सौन्दर्य का उपासक बना घूम रहा था, जो एक गुण न होकर एक रोग-सा बनता जा रहा था जिसे मैं अपने

अन्दर पाल रहा था। पर यही आकर्षण एक दिन मेरे लिए अभिशाप बन जाएगा, इसकी मुझे आशा नहीं थी।

वह मेरे प्रति आश्वस्त थी, ऐसा मैं कह सकता हूँ, विशेष रूप से जब मैंने अपनी साहित्यिक महत्त्वाकांक्षा की चर्चा की थी। आज भी मैं उसके चेहरे का भाव देख सकता हूँ। उसका चेहरा खिल उठा था, वह मुस्कराई थी और बड़ी खुश नजर आई थी। और उसे आश्वस्त पाकर मुझे लगा था, जैसे मेरी सारी ग्रंथियाँ झर-झर कर गिर रही हैं जो बचपन से मेरे अन्दर कसती जा रही थीं। उसकी प्रतिक्रिया देखकर मेरा दिल बल्लियों उछलने लगा था, और मुझे लगा था, जैसे मैं उड़ सकता हूँ—वैसे ही, जैसे अपने दिवास्वप्नों में उड़ा करता था—दोनों हाथ फैलाए, आकाश के अनन्त विस्तार में तैरता हुआ-सा। क्षितिज तक पहुँच पाने की क्षमता जैसे मेरे अन्दर जाग उठी थी।

मुझे बहुत-सी कविताएँ और पद कंठस्थ थे। मैं उसे शे'र सुनाता। वह कभी-कभी कहती, 'इसका अर्थ समझाओ।' मैं समझाता। कभी शे'र गूढ़ होता तो उसके माथे पर उसकी भृकुटि सिकुड़-सी जाती। जब वह समझ लेती तो उसकी पेशानी साफ हो जाती और उसका चेहरा खिल उठता।

उन दिनों मैं खुलने लगा था। उसे अपने जोखिम-भरे कारनामे सुनाता। अनेक किस्से तो ऐसे होते, जो मेरे कारनामे न होकर मेरे किसी दोस्त अथवा सम्बन्धी के कारनामे होते जिन्हें मैं अपनी कहकर सुना रहा होता। और सुनाते-सुनाते मुझे लगने लगता, जैसे वह कारनामा मैं भी कर सकता था।

एक बार, एक बाग में घूमते हुए उसने मुझसे कहा था, 'मैं एक छोटे-से बँगले में रहना चाहती हूँ, जिसके आस-पास छोटी-सी फुलवाड़ी हो, हरी-हरी घास हो, जहाँ बहती हवा सारा वक्त मेरे बालों के साथ खेलती रहे।' अचानक ही उस वक्त बाग में हवा बहने लगी थी, जिससे उसके बालों में हल्के-से कुंडल बन गए थे और एकाध लट उसके माथे पर झूलने लगी थी। मैंने भी चहककर कहा था, 'तथास्तु!'

जिसे सुनकर उसने पूछा था, 'क्या मतलब?'

और मैंने बड़े उत्साह से कहा था, 'ऐसा ही होगा!'

और मैंने उसे बाँहों में भरकर, उसकी झूलती लट को चूम लिया था।

शादी से पहले, जैसा मैंने कहा, मैं महसूस करने लगा था कि मेरे बंधन टूट रहे हैं, मैं आजाद हो रहा हूँ, मुझमें फिर से भरपूर आत्मविश्वास जाग रहा है। मैं उसे हँसाता, किस्से सुनाता, शे'र और कवित्त सुनाता—हालाँकि उन्हें सुनाते हुए मुझे कभी-कभी लगता कि मैं कोई स्वाँग रच रहा हूँ। सहसा ही मुझे लगने लगता, जैसे मैं किसी अन्य व्यक्ति की नक्काली कर रहा हूँ। जैसे मैंने किसी दूसरे आदमी का अंदाज अपना लिया है, कि मेरा अपना कोई अंदाज नहीं है। एक ही व्यक्ति कैसे अलग-अलग लोगों की भूमिकाएँ ओढ़ लेता है! मौलिक व्यवहार तो किसी ऐसे

व्यक्ति का ही होगा, जो अन्दर से जुड़ा हो, जिसमें भरपूर आत्मविश्वास हो, जो दुनिया को अपनी नजर से देखे और अपने ही रास्ते पर बढ़ता आए।

'तुम भी कविता कहते हो?'

एक अवसाद-भरी कविता सुनाने पर उसने मुझसे सहसा ही पूछ लिया था।

'नहीं, मैं कविता नहीं कहता।'

'हाय, क्यों नहीं कहते? कहा करो न, तुम्हारे मुँह से कविता सुनना बड़ा अच्छा लगता है।'

जितना गहरा प्यार हो, प्रेमी अपनी प्रेयसी को उतना ही अधिक अवसाद-भरा गीत सुनाता है। यह शायद प्रेयसी के दिल को छू पाने के लिए, उसके दिल में अपने लिए सद्‌भावना जगाने के लिए।

कुछ था जो हमारी शादी के पहले दिन ही हमारे बीच टूट गया था—उसी दिन, जब शोभा ने हमारे घर में कदम रखा था। हमारे घर की ड्योढ़ी को लाँघते हुए ही वह प्रक्रिया शुरू हो गई थी। सम्भवत: वह ड्योढ़ी ही इसका कारण बनी थी। जैसे कोई पथिक, लम्बा सफर तय करने के बाद अपने गंतव्य तक पहुँचे और पाए कि वह स्वच्छ, सलिल पानी की झील न होकर, मात्र एक ताल-तलैया पर जा पहुँचा है, वैसा ही कुछ भास शोभा को हुआ होगा। ड्योढ़ी में अँधेरा था। कहीं से हल्की-सी दुर्गन्ध आ रही थी। ड्योढ़ी के एक कोने में हरी घास का ढेर लगा था। पिताजी को घर में गाय-भैंस रखने का शौक था, और यह चारे का ढेर उस भैंस के लिए था, जो घर के बाहर, दरवाजे से थोड़ा हटकर बँधी थी। ड्योढ़ी टेढ़ी-सी थी, उसका कोई भी भुजकोण सीधा नहीं था और भुज भी तीन थे। घास के ढेर के निकट ही एक फटीचर-सी साइकल रखी थी, जिस पर बैठकर, घर का मुंशी किराया उगाहने जाया करता था। ड्योढ़ी में से ही ऊपर की मंजिल को तंग-सी, टेढ़ी-मेढ़ी सीढ़ियाँ चली गई थीं। शोभा के अपने घर में, जिसे वह उस दिन छोड़ आई थी, ऐसी सीढ़ियाँ नहीं थीं, बल्कि सीढ़ियाँ थीं ही नहीं। वह घर भी नहीं था, छोटा-सा बँगला था जिसके बाहर एक हरा-भरा, फूलों की क्यारियों से सजा आँगन था—इकहरा-सा बँगला। शोभा के घर में भी साइकल थी जिस पर शोभा के पिता कचहरी जाया करते थे—पर चमचमाती हुई साइकल, जिसे अर्दली हर दिन प्रात: साफ किया करता था। ऐसी फटीचर साइकल नहीं थी, जैसी हमारे घर की ड्योढ़ी में रखी थी।

ड्योढ़ी में से ही घर के अन्दर उस अँधेरे आँगन में भी प्रवेश करते थे जिसके दाएँ-बाएँ छोटे-बड़े कमरे थे और ऊपर खुला जंगला था। वह खुला जंगला भी विघटन की उस प्रक्रिया में अपना योगदान देनेवाला था, शोभा के मन पर अपनी अमिट छाप छोड़ जानेवाला था, क्योंकि इस जंगले पर ही खड़े-खड़े, शादी के कुछ

वर्ष बाद शोभा ने मेरे पिता को मुझपर चिल्लाते सुना था, जिसे सुनकर उसका मन टूट गया था।

'तू बैठा किताबें बाँचता रहेगा तो काम कौन करेगा? इसी तरह चलता रहा तो एक दिन भूखों मरेगा। तेरी सब एजेंसियाँ छिन जाएँगी, नालायक!'

तब भी शोभा को धक्का लगा था। उस समय वह निचली मंजिल के एक कमरे में बैठी थी। वह कुछ ही देर पहले अपने मायके से लौटी थी। पिताजी को मालूम नहीं था कि वह लौट आई है और नीचेवाले कमरे में बैठी सुन रही है। जिस लहजे में पिताजी बोल रहे थे, उससे मुझे भी धक्का लगा था, और दिल बैठ-सा गया था। और बरबस मुझे वह दिन याद आ गया था जब अपने सफेद बालों का वास्ता डालकर उन्होंने मुझे घर पर बने रहने का आग्रह किया था।

पर यह हमारी शादी के कुछ वर्ष बाद की बात है जब शोभा और मैं माँ-बाप बन चुके थे और दूसरे बच्चे की राह देख रहे थे।

शादी के शीघ्र ही बाद शोभा उखड़ी-उखड़ी रहने लगी थी। उसे यह देखकर भी अचम्भा होता कि नीचे दफ्तर में बैठे पिताजी जब कभी मुझे पुकारते तो मैं जहाँ भी होता, भागता हुआ उनके पास जा पहुँचता—'आया पिताजी' कहता हुआ। इस पर कभी तो शोभा हँस देती, कभी हैरान-सी मेरे चेहरे की ओर देखने लगती। उसे यह आज्ञाकारिता बड़ी अटपटी-सी लगती थी।

'तुम इतनी उतावली में क्यों भाग खड़े होते हो? अब भी तुम छोटे बच्चे हो क्या? कल हमारी बेटी बड़ी हो जाएगी तो तुम उसके सामने भी 'आया पिताजी' कहते हुए भागकर सीढ़ियाँ उतरने लगोगे?' कहते हुए शोभा हँस दी थी।

पर मुझे अपनी इस आज्ञाकारिता में कुछ भी अटपटा नजर नहीं आया था।

घर का चलन ही ऐसा था कि घर के बाहर जाने पर—भले ही पत्नी के साथ टहलने के लिए बाहर जाना हो—घरवालों से कहकर जाना होता था।

एक बार तो पिताजी, हम दोनों को रास्ते में से लौटा लाए थे, क्योंकि शाम का अँधेरा बढ़ रहा था और घर में भोजन का समय हो चला था। तब मैं बिना कुछ बोले, बिना कुछ कहे, पिताजी के पीछे हो लिया था। शोभा कुछ देर तक सड़क के किनारे खड़ी रही थी, फिर चुपचाप हमारे पीछे-पीछे आने लगी थी।

'तुम इतना तो कह सकते थे कि पिताजी, आप चलिए, हम शीघ्र ही लौट आएँगे।'

इस पर मैंने इतना-भर कहा था, 'छोटी-सी तो बात है! इस छोटी-सी बात को लेकर मैं उनके साथ क्या तकरार करूँ? वे हमारा भला चेतते हैं, तभी कहते हैं...'

तब शोभा के मन में चिढ़-सी उठी थी। वह फिर से सड़क पर रुक गई थी, मानो कह रही हो—तुम्हें अपने बाप की दुम बनकर जाना है तो जाओ, मैं नहीं जाऊँगी।

इतना ही नहीं, अनेक ऐसे प्रसंग भी आए थे जब पिताजी ने अथवा माँ ने शोभा को सुनाते हुए कुछ कहा था, व्यंग्य-बाण छोड़े थे, और शोभा निराले में झल्ला उठी थी, तब भी मैंने शोभा को सहनशीलता का उपदेश देते हुए समझाया था।

'मैं इस उम्र में उनसे उम्मीद नहीं कर सकता कि उनका स्वभाव बदल जाएगा। तुम्हें ही अधिक सहनशील बने रहना होगा।'

सुनते हुए शोभा की आँखें फैल गई थीं और वह सुन्न-सी खड़ी रह गई थी।

तभी, कुछ ही समय बाद, उसने दृढ़ता से यह प्रस्ताव रखा था कि हम कहीं अलग चलकर रहें, अलग से अपनी गृहस्थी चलाएँ, अपने बच्चों को अपने ढंग से पालें। तब भी, मेरा उत्तर सुनकर उसकी आँखें फैल गई थीं, और वह मेरी ओर देखती रह गई थी।

'इस उम्र में क्या हम उन्हें छोड़ जाएँ? हम ही तो उनका एकमात्र सहारा हैं। बड़ी उम्र में स्वभाव में चिड़चिड़ापन तो आ ही जाता है, यह उनका दोष नहीं...।'

उस दिन मुझे लगा था, जैसे मैं शोभा की आँखों से गिर गया हूँ। पहले वह मुझे जरूरत से ज्यादा विनम्र स्वभाव और विनयशील व्यक्ति कहा करती थी, पर उस दिन से वह मुझे दबा-कुचला, डरपोक और मरियल इनसान समझने लगी थी। इससे पहले वह जिसे मेरी सादगी और भलमनसाहत समझती आई थी, वह अब उसे मेरी यतामत और मेरा लिजलिजापन नजर आने लगा था। एक झीना-सा पर्दा मानो शोभा की आँखों के सामने से गिर गया हो और उसने मुझे मेरे असली रूप में देख लिया हो! यह आदमी मेरे हित में कभी भी मेरे साथ खड़ा नहीं होगा, कभी भी मेरा अवलम्ब नहीं बनेगा। यह अपने बाप का ही मुँह जोहता रहेगा। जो अपनी इज्जत नहीं करता, वह मेरी इज्जत क्या करेगा!

उस दिन मेरे प्रति रहा-सहा आदरभाव भी शोभा की आँखों में से झरकर गिर गया था।

तभी हम दोनों के बीच एक विचित्र-सा सम्बन्ध पनपने लगा था। शोभा की आकृति अब भी मेरी नजर में उतनी ही आकर्षक थी जितनी पहले हुआ करती थी, बल्कि उसके मानसिक तनाव के कारण एक हल्का पीलापन-सा उसके चेहरे पर आ गया था, जिससे उसके चेहरे की लुनाई और भी ज्यादा आकर्षक लगने लगी थी, और आँखें कुछ-कुछ अन्तर्मुखी-सी लगने लगी थीं जबकि मेरे अन्दर शोभा को लेकर अपराध भावना-सी पनपने लगी। एक प्रकार का सहमा-सहमा डर-सा, जो बहुत कुछ वैसा ही था, जैसा पहले पिताजी को लेकर मन में जड़ जमाने लगा था। उसकी आँखों में मेरे प्रति अवहेलना-सी उतर आई थी जबकि मेरा रवैया उसके प्रति मूक आग्रह का-सा होता जा रहा था।

यही मेरे जीवन की विडम्बना बनती जा रही थी। एक ओर जहाँ मैं उसकी कमनीयता पर मुग्ध था, दूसरी ओर, वह उत्तरोत्तर मुझसे दूर होती जा रही थी।

कभी-कभी जब वह घर लौटती, हाथ में साग-सब्जी का थैला उठाए, और घर का फाटक लाँघ रही होती तो मुझे सबसे पहले उसकी कमनीयता, उसके स्निग्ध सौन्दर्य का ही भास होता—उसके निखरे-निखरे मातृत्व का, सखा रूप का, अपनत्व का। उसकी पोशाक भी, मुझे लगता, उसके व्यक्तित्व के अनुरूप, उसे फब रही है। घर के अन्दर कदम रखते ही जैसे उसके व्यक्तित्व की आभा घर-भर में फैल जाती। उन दिनों भी जब वह अपने को बलि का बकरा मानने लगी थी, उसे एक कमरे से दूसरे कमरे में जाते देखता तो मेरी आँखें बँधी की बँधी रह जाती थीं। उसकी चाल में मुझे लय का भास मिलता।

पर अब, वह जब कभी अपनी किसी इच्छा या ललक की चर्चा करती, और मैं पहले के-से अंदाज में 'तथास्तु!' कहता तो वह वितृष्णा से मुँह फेर लेती। हम दोनों के बीच का हास्य-विनोद का स्थान उलाहनों ने ले लिया था, शिकवा-शिकायत ने।

अपराध-भावना भी अनेक रूपों में अपने को व्यक्त करती है। कभी तो मैं अपने में डूब-सा जाता, गुमसुम हो जाता, और अन्दर-ही-अन्दर घुलने लगता। कभी-कभी बुरी तरह से खीज उठता।

'तुम चाहती हो कि जिस तरह के घर में तुम्हारा बचपन बीता है, वैसा ही घर अब भी तुम्हें रहने को मिले?'

कभी बड़े फलसफाना अंदाज में उसकी मनःस्थिति का विश्लेषण करने लगता, 'हर व्यवसाय के लोगों के अपने तौर-तरीके होते हैं, अपना-अपना रहन-सहन का ढंग होता है। प्रत्येक व्यवसाय का आदमी अपने-अपने मूल्यों के चौखटे में बन्द होता है। उसमें से निकल पाना उसके लिए आसान नहीं होता। तुम भी नहीं निकल सकती हो। तुम्हारे पिता सरकारी अफसर हैं, मेरे पिता व्यापारी हैं। तुम्हें अपने रहन-सहन का ढंग ही एकमात्र सही ढंग लगता है। तुम्हारा मन उसी की जकड़न में है।'

उन दिनों मैं अक्सर सोचा करता, ऐसा क्योंकर हुआ कि किसी का भी अहित न चेतते हुए, मैं अपने प्रियजनों के लिए क्लेश का कारण बना? पर वास्तव में किसी के अहित का न चेतना एक बात है, पर किसी समस्या का समाधान ढूँढ़ना बिल्कुल दूसरी बात। स्वभावगत भीरुता ने मेरी उस दृष्टि को ही कुंठित कर दिया है जो सही और गलत के बीच, न्याय और अन्याय के बीच भेद कर सकती है और दृढ़ता से न्याय का पक्ष ले सकती है। किसी का अहित न चेतना एक गुण माना जा सकता है, पर इसका कोई अर्थ नहीं रह जाता, यदि उसके अनुरूप आचरण नहीं किया जाता।

शोभा को इस बात का भी भास मिलने लगा था कि मेरी साहित्यिक रुचि भी वास्तव में एक तरह का पलायन ही है। जब भी मैं अपने व्यावहारिक जीवन की

किसी समस्या से जूझ नहीं सकता, तो उससे पलायन कर, किताबों की दुनिया में जा छिपता हूँ। हर विकट स्थिति से आँख चुराकर, साहित्य के लिहाफ से मुँह-सिर ढाँपकर पड़ जाता हूँ। और शोभा ने मेरे इस भयावह चरित्र-दोष को जान लिया था। उसे इस बात का भी भास मिलने लगा था कि मेरी अन्य रुचियाँ भी वास्तव में एक तरह का पलायन ही हैं।

एक बार शोभा ने बड़ी सहज, समतल आवाज में कहा था, 'तुमने मुझसे कभी प्रेम नहीं किया। तुमने कभी किसी से भी प्रेम नहीं किया। तुम जानते ही नहीं, प्रेम किसे कहते हैं।' और मुझे अवाक्-सा सुनाते हुए बोली, 'यदि तुमने मुझसे प्रेम किया होता तो तुम मुझे सुखी रखने के उपाय भी सोचते। मैं तुम्हारे मौन प्रेम को क्या करूँ?'

कभी-कभी हमारे बीच तू-तू, मैं-मैं होने लगती। उसकी फटकार सुनकर कभी-कभी मैं तिलमिला उठता। मैं भी बुरा-भला बकने लगता, अपने बाल नोचता, अपनी किस्मत का रोना रोता।...पर शान्त हो जाने पर, फिर भी उसी का निखरा-निखरा चेहरा आँखों के सामने उभरने लगता। और कभी-कभी उसके चेहरे पर वैसा ही भाव नजर आने लगता, जैसा उस दिन दिखाई दिया था जब वह अपने घर के बरामदे में, एक हाथ खम्भे पर रखे, मेरी ओर देखते हुए खड़ी थी, और उसके होंठों पर हल्की-सी मुस्कान और आँखों में पहचान की हल्की-सी चमक आ गई थी।

हमारी गृहस्थी का 'छकड़ा' ऐसे ही हिचकोले खाता चला जा रहा था, और मुझे लगने लगा था कि ऐसे ही चलता भी रहेगा जब सहसा ही एक दिन उसने मुझे छोड़ जाने का फैसला सुना दिया था।

'मैं जा रही हूँ। मेरे बच्चे भी मेरे साथ जाएँगे। मैं नहीं चाहती कि इन पर कभी तुम्हारा साया भी पड़े।'

और मैं सुन्न-सा खड़ा सुनता रह गया था।

'बहुत देख लिया। अब मैं और सहन नहीं कर सकती। जिन्दगी के बचे-खुचे साल मैं घिसट-घिसटकर जीना नहीं चाहती।'

इससे पहले वह अक्सर कहा करती थी, 'तुम्हारे अन्दर कुछ था जो कुचला जा चुका है। वह रग, जिसमें मनुष्य के प्राण बसते हैं, जिन्दगी जीने की इच्छा धड़कती है।'

फिर सहसा आवेश में आकर चिल्लाकर कहती, 'मेरी किस्मत फूट गई जो मैं एक अधमरे आदमी के साथ बँध गई। जो आदमी अपनी घरवाली का कुछ नहीं सँवार सका, वह अपने बच्चों का क्या सँवारेगा?'

सूरज की किरणें ढल रही थीं जब उसने घर छोड़ा था। शोभा ने एक कन्धे से थैला लटका रखा था, दूसरे कन्धे के सहारे उसने बिटिया को उठा रखा था। दाएँ हाथ में सूटकेस उठाए हुए थी। और चार साल का हमारा बेटा, माँ के पीछे-

पीछे सिर झुकाए चला जा रहा था। बेटे का सिर उस वक्त मुझे बड़ा रुखड़ा-रुखड़ा लगा था और उसकी पीली-सी गर्दन पर पसीने की परत आ गई थी। बेटी, जो बहुत छोटी थी, अपना अँगूठा मुँह में लिये हुए थी, और उसकी दूसरी बाँह, माँ की पीठ पर झूल रही थी। बेटा, बाहर जाते हुए भी मुड़-मुड़कर पीछे की ओर देख रहा था। बाद में यही चित्र मेरे दिल को बहुत दिनों तक छीलता रहा था। मैं खिड़की से थोड़ा हटकर अँधेरे में खड़ा था। मुझे लगा था, जैसे बेटे की आँखें अँधेरे में मुझे ढूँढ़ रही हैं। सारे माहौल में अवसाद-सा घुल गया था। और वे तीनों मुझे बहुत अकेले-से लगे थे।

जाने से पहले शोभा ने अपने बाल ठीक तरह से नहीं काढ़े थे। ढीला-सा जूड़ा बनाया था, पर माथे पर बिन्दी उसने फिर भी लगा रखी थी। लगता था, हड़बड़ी में तैयार हुई है, शायद इसलिए कि कहीं उसके संकल्प में शिथिलता नहीं आ जाए।

दहलीज के पास पहुँचकर वह मेरी ओर मुड़ी थी, 'मैं जा रही हूँ। बच्चों को भी ले जा रही हूँ। अब तुम आजाद हो, जो मन आए, करो।'

उसकी ओर देखते हुए पहली बार मुझे लगा था, जैसे उसकी आँखें काँच की बनी हों, जैसे उनमें तनिक भी भावना नहीं रह गई हो—भावनाशून्य आँखें। उनमें परायापन झलक रहा था। भावनाशून्य, तिरस्कार-भरी आँखें।

वह चली जा रही थी—मेरे आत्मसम्मान को पैरों तले रौंदती हुई। उसकी आँखों में इतनी दूरी मैंने पहले कभी नहीं देखी थी। उसके सौन्दर्य की झलक तो अंग-अंग में अब भी थी, छरहरा बदन, अंग-चालन में वही लय का भास, सँभली हुई, दृढ़ निश्चयवाली स्त्री, पर बड़ी परायी-सी लग रही थी। उस दिन हमारे बीच कोई झगड़ा नहीं हुआ था। वह बड़े इत्मीनान से बाहर निकल गई थी, और यही बात मुझे बाद में सालती भी रही थी कि शोभा ने मुझे, अपने जीवन में से मक्खन में से बाल की तरह निकाल फेंका है।

उसके चले जाने पर, एक ओर तो मैं गहरे में तिरस्कृत महसूस कर रहा था कि शोभा मेरे मुँह पर जोर से तमाचा मारकर चली गई है, दूसरी ओर मेरा पलायन प्रेमी स्वभाव, राहत की साँस भी लेने लगा था, कि चलो, चली गई, रोज की चिख-चिख तो खत्म हुई! एक बोझ तो कन्धों पर से उतरा!

मैं शून्य में ताकते हुए, निरुद्ध-सा, उसके कदमों की आहट सुनता रहा—सीढ़ियाँ उतरने की, गली का दरवाजा खोलने की, छोटी बच्ची के तुतलाकर बोलने की। फिर मैं चुपचाप उन्हें सड़क पर जाते देखता रहा। मुझे लगा, जैसे बेटा अब भी मुड़-मुड़कर अपने घर की ओर, ऊपरवाली खिड़की की ओर देख रहा है। और उसकी चाल धीमी पड़ गई है। पर माँ के बुलाने पर वह फिर कदम बढ़ाता माँ के निकट जा पहुँचा है। और सड़क पर धूल उड़ने लगी थी। फिर वे सड़क का मोड़ मुड़ गए थे और मेरी आँखों के सामने अँधेरा-सा छा गया था।

यदि शोभा के यों चले जाने से मेरे अहं पर चाबुक-सी लगती और मैं तिलमिला उठता, तो मैं चिल्लाता हुआ शोभा के पीछे भागता, उसकी बाँहों में से बच्ची को छीन लेता, उसे बुरा-भला कहते हुए घर के अन्दर खींच लाता—'तुम मुझे बेइज्जत नहीं कर सकतीं। तुम्हारा जहाँ मन आए, जाओ, जहन्नुम में जाओ, पर मैं बच्चों को नहीं जाने दूँगा।' पर ऐसा कुछ नहीं हुआ, बल्कि मेरा मन उत्तरोत्तर जड़ होता गया।

खिड़की पर से हटकर मैं सीधा रसोईघर में चला गया था और अपने लिए चाय का प्याला बनाने लगा था। उस समय मेरे अर्द्धचेतन मन ने इस बात की ओर ध्यान नहीं दिया कि शोभा रसोईघर को साफ-सुथरी करके छोड़ गई थी, कि दूधदानी में मेरी चाय के लिए दूध रखा था, और चीनी और चाय का डिब्बा अपनी-अपनी जगह पर थे।

चाय पीने के बाद मैं बड़े कमरे में लौट आया था और कुर्सी पर अधलेटा-सा बैठ गया था। कुर्सी पर बैठा ही बैठा मैं मुस्करा दिया था—एक ऐसे आदमी की मुस्कान, जो स्वयं डूबता हुआ भी अपने को डूबता देख सकता है; जो अपनी स्थिति के अन्दर रहते हुए भी, छिटककर उससे अलग हो सकता है, और जिसे अपनी स्थिति की विडम्बना नजर आने लगती है। यह मानसिकता उन दिनों की देन थी जब मैं दिवास्वप्न देखा करता था। बचपन से ही मैं इस रोग से पीड़ित रहा हूँ। जैसे कछुआ, दुश्मन का सामना न कर पाने पर, अपने खोल में सिमट जाता है और सुरक्षित महसूस करने लगता है, मैं भी आँखें बन्द करके दिवास्वप्न देखने लगता, बाहर की दुनिया से कट जाता—अपने दायित्वों से, अपने जीवन के यथार्थ से, आस-पास के लोगों से। तब मेरा दुर्बल मन उड़ानें भरता। जहाँ मन करता, उड़ता फिरता। ऐसे अलौकिक प्रदेश में जा पहुँचता जहाँ चारों ओर अरुण छटा फैली होती, जहाँ हवाएँ मुझे आलिंगन में भर लेती थीं, जहाँ मैं उन्मुक्त, स्वच्छन्द, मनचाही उड़ानें भरता था। तभी से, वास्तविकता पर से मेरी पकड़ शिथिल पड़ने लगी थी...

कुर्सी पर अधलेटे में या तो मुझे झपकी आ गई थी, या मैं दिवास्वप्न देखने लगा था, कि शोभा की आकृति मेरे सामने आ गई थी और मैं मुग्ध-सा उसके रूप-लावण्य को निहारता जा रहा था और फिर से अपार आनन्द का अनुभव कर रहा था।

एक झटके से ही मेरी आँख खुल गई थी। यह मेरी रुग्ण मानसिकता का ही प्रभाव रहा होगा कि उस विकट स्थिति में भी मैं सब कुछ भूलकर उसके सौन्दर्य का रस ले सकता था।

मेरी कहानी यहाँ पर समाप्त नहीं हो जाती। कोई भी कहानी एक बिन्दु तक पहुँचकर समाप्त नहीं होती, बिन्दु तो यात्रा के पड़ाव के समान होता है। यात्रा तो जिन्दगी के आखिरी दिन तक चलती रहती है।

दिन पर दिन बीतने लगे। मेरी मनःस्थिति मुझे पागलपन के नाके तक ले आई थी। कभी मैं अपने को यह कहकर ढाढ़स बँधाता कि दुनिया में तुम ऐसे अकेले आदमी नहीं हो जिसकी पत्नी उसे छोड़ गई है, हर आए-दिन बीसियों घरों में विवाह-सम्बन्ध टूट रहे हैं। पर शोभा के यों चले जाने से मैं अपनी नजर में गिर गया था। अब तक मेरा व्यक्तित्व दो बैसाखियों के सहारे खड़ा था—एक, शोभा के प्रति प्रेमभाव; दूसरे, अपनी साहित्यिक रुचि में विश्वास—इन दोनों के रहते मेरा अस्तित्व मेरी नजर में बना हुआ था। ये मेरी मानसिक स्थिरता के अवलम्ब रहे थे। यों, अपनी जर्जर संकल्पशक्ति, लिजलिजी विनम्रता और पलायनप्रिय स्वभाव के कारण दुखी भी रहता था, पर इन सबके बावजूद मैं अपनी नजर में गिरा नहीं था। मैं फिर भी समझे बैठा था कि शोभा मेरी भावनाओं की कद्र करेगी। मैंने कभी उसका अहित नहीं चाहा था, इस कारण वह मुझसे जुड़ी रहेगी। पर वह यों मुझे झटककर छोड़ जाएगी और मुझे अपनी ही नजर में दो कौड़ी का निकृष्ट जीव बना देगी, इस सदमे को सह पाना मेरे लिए असम्भव हो रहा था।

यों घर के लोगों की, विशेषकर, परिवार की स्त्रियों की पैनी नजर से मैंने इस घटना को बड़ी चतुराई से छिपा लिया था, यह कहकर कि कुछ दिन के लिए बच्चों को हवा-बदली के लिए बाहर ले गई है, मैं कुछ समय बाद उसे लिवा लाऊँगा। इस तरह सब लोगों के मुँह बन्द हो गए थे।

पर कभी-न-कभी तो बात खुल ही जाती, क्योंकि शोभा शहर छोड़कर नहीं गई थी, वह इसी शहर के दूसरे सिरे पर, जान-पहचान की किसी स्त्री के साथ—जो स्वयं अपना घर-बाहर छोड़ आई थी—अपने बच्चों को लेकर रहने लगी थी। उसी महिला की मदद से उसे एक स्कूल में नौकरी भी मिल गई थी, और उसी में शोभा ने अपने बेटे को भी दाखिल करवा दिया था और छोटी बच्ची को उसी महिला की बूढ़ी माँ की देख-रेख में घर पर ही छोड़ जाती थी।

ये सब विवरण, धीरे-धीरे, एक-एक करके हवा में उड़ते पुर्जों की भाँति मैंने पकड़े थे और उन्हें जोड़-जोड़कर उसकी वास्तविक स्थिति के बारे में जानकारी हासिल की थी।

ऐसा नहीं भी होता यदि मैं अन्दर-ही-अन्दर बेचैन नहीं हो गया होता। शुरू-शुरू में तो, लगभग हफ्ता-भर, मैं मुँह बाए आरामकुर्सी पर ही बैठा रहा था। हर बार, बैठे-बैठे दिवास्वप्न देखने लगता, पर देखते हुए ही सहसा मुझे चाबुक-सी पड़ती और मैं बिफरकर उठ बैठता। दिवास्वप्न वही आदमी देखता रह सकता है जिसका घर चल रहा हो, जो परजीवी हो—आत्मानुकम्पा का रस लेनेवाला, निरन्तर अपने में खोया रहनेवाला। मैं अभी पूरी तरह मरा नहीं था, शोभा के शब्दों में अधमरा ही था।

मैं उसकी खोज में तो नहीं निकला, पर मैं उसकी टोह जरूर लेने लगा था। कभी उसकी किसी सहेली का दरवाजा जा खटखटाता, कभी बच्चों के किसी

स्कूल के बाहर जा खड़ा होता कि मुमकिन है, शोभा ने बच्चे को इस स्कूल में डाल रखा हो!

तभी एक दिन मैंने उन्हें देख ही लिया, पर देखा भी ऐसी स्थिति में कि कुछेक क्षण इधर से उधर हो जाते तो मैं जीवन-भर अपना सिर धुनता रहता।

उसी दिन मुझे इस बात की टोह मिली थी कि वह अमुक स्कूल में पढ़ाने लगी है और बेटा भी वहीं पर दाखिल कर लिया गया है।

स्कूल में अढ़ाई बजे छुट्टी होती थी और मैं वक्त से पहले ही, स्कूल के फाटक के निकट, जहाँ स्कूल के खेल-मैदान को रास्ता जाता था, एक टूटी हुई दीवार के पीछे खड़ा हो गया था।

मुझे ज्यादा इन्तजार नहीं करना पड़ा। कुछ ही देर बाद, छुट्टी की घंटी बजते ही, ढेरों बच्चे फाटक के बाहर निकलने लगे थे, और भागते हुए सीधा सड़क की ओर जाने लगे थे, जहाँ सड़क के दोनों तरफ बस-स्टैंड थे। पीठ पर थैले लटकाए, वे अपनी-अपनी बस पर चढ़ पाने के लिए, भागते हुए, एक या दूसरे बस-स्टैंड की ओर जा रहे थे। खचाखच भरी बसें दोनों ओर से आ-जा रही थीं। बस-स्टॉप पर बस रुकती, कुछ लड़के लपककर चढ़ जाते, कुछ चढ़ ही रहे होते कि बस सरकने लगती। बच्चे बसों पर चढ़ने के अभ्यस्त हो गए जान पड़ते थे क्योंकि ज्योंही बस चलने लगती, बच्चा हत्थी छोड़ देता। वे एक-दूसरे की मदद भी कर रहे थे।

तभी मुझे जैसे बिजली छू गई। शोभा, स्कूल के फाटक में से निकलकर तेजी से सड़क की ओर बढ़ती जा रही थी। सदा की भाँति सुव्यवस्थित, संयत, पर कुछ-कुछ हड़बड़ी में। उसके दाएँ हाथ में बेटे का हाथ था। दोनों तेजी से सड़क की ओर बढ़ते जा रहे थे।

मैं दीवार के पीछे से निकल आया और उनके पीछे हो लिया। मैंने मन-ही-मन ठान लिया था कि मैं उसी बस-स्टॉप पर जाकर खड़ा हो जाऊँगा जिस स्टॉप से वे बस में चढ़ेंगे। उनसे मिलूँगा या नहीं मिलूँगा, उस दिन मिलूँगा या बाद में मिलूँगा, इसका फैसला मैंने नहीं किया था। मेरा मुख्य उद्देश्य उस घर को देखना था जहाँ वे रहते थे।

शोभा सड़क की ओर बढ़ती जा रही थी। पीछे-पीछे बेटा दौड़ता आ रहा था। वे सड़क-पार के बस-स्टॉप की ओर बढ़ रहे थे। तभी बहुत-से बच्चे एक साथ—शायद उन्होंने दूर से आती बस को देख लिया था—भागते हुए सड़क पार करने लगे थे।

'शोभा!' मेरे मुँह से निकल गया था। उस समय शोभा सड़क के बीचोबीच जा पहुँची थी। उसने मेरी आवाज नहीं सुनी।

'शोभा!' मैंने फिर से चिल्लाकर कहा, क्योंकि मुझे डर था कि उस भीड़ में मैं उन्हें खो नहीं बैठूँ।

मेरी आवाज शोभा ने तो नहीं सुनी पर बेटे ने सुन ली थी। और तब वह सड़क के बीचोबीच पहुँच चुका था। आवाज सुनकर वह ठिठक गया था और घूमकर पीछे की ओर देखने लगा था, तभी एक ओर से दहाड़ती हुई बस आ रही थी। शोभा सड़क के दूसरे छोर तक जा पहुँची थी और इधर मैं सड़क के किनारे खड़ा था।

शोभा अभी स्थिति को समझने की कोशिश ही कर रही थी कि मैं भाग खड़ा हुआ, और सड़क के बीचोबीच डोलते बच्चे तक पहुँच गया था और बच्चे को बाँह से पकड़कर अपनी ओर खींच लिया था।

पर तब तक शोभा भी भागती हुई सड़क के बीचोबीच आ गई थी। उधर ब्रेक लगने की चीखती-सी आवाज भी सुनाई दी।

शोभा ने तब भी शायद मुझे नहीं देखा था। पर मेरी नजर क्षण-भर के लिए उसके चेहरे पर पड़ गई थी। डर के मारे फैली हुई आँखें, किसी अप्रत्याशित आतंक का सामना करता जर्द-पीला चेहरा, चेहरे पर घबराहट और तनाव। उसके चेहरे का भाव मैं बयान नहीं कर सकता।

मेरी साँस फूल रही थी, जब बच्चे को बाँहों में भींचे मैंने सड़क पार की थी और फिर, उसके सिर पर हाथ फेरते हुए, उसे उसकी माँ के हवाले कर दिया था। शोभा के चेहरे का तनाव अभी भी पहले जैसा ही बना था। शायद मन-ही-मन वह बच्चे को दोष दे रही थी कि वह सड़क लाँघते हुए, मुड़-मुड़कर पीछे क्यों देखने लगा था। मन-ही-मन मुझे भी दोष दे रही होगी कि मैं एक अपशगुन की तरह उसकी जिन्दगी में फिर से क्यों पहुँच गया हूँ। पर बेटा बच गया था, और मेरे हाथों बचा था, और बेटा अभी भी सिर उठाए, उद्भ्रांत-सा मेरी ओर देखे जा रहा था, यह भी शोभा की नजर से बचा नहीं रह गया होगा।

मैं घर लौट आया। हमारे बीच कोई बात नहीं हुई। 'कैसी हो, शोभा?' मैंने बुदबुदाकर इतना-भर पूछा था।

'देख रहे हो!' कुछ क्षण बाद, उखड़ी साँस में उसका जवाब आया था। और उसने बच्चे का हाथ पकड़कर पीठ फेर ली थी और अपने बस-स्टॉप की ओर बढ़ने लगी थी।

मैं बहुत विचलित रहने लगा हूँ। शोभा का चेहरा अब भी बार-बार आँखों के सामने घूमता है, पर उस चेहरे पर न तो पहलेवाला सौम्य, स्निग्ध भाव रह गया था, न ही वह भाव जो उस दिन देखने को मिला था जब वह घर छोड़ गई थी—अलंघ्य दूरियों और परायेपन का भाव, और काँच की जैसी भावना-शून्य आँखें। अब जब भी उसका चेहरा सामने आता तो तनाव-भरा, भौंहें तनी हुईं, जिन्दगी से जूझनेवाला, निपट अकेले व्यक्ति का चेहरा...!"

शम्भुनाथ की कहानी यहीं पर आकर खत्म हो जाती है। मैं इस लम्बी दास्तान को जैसे-तैसे पढ़ गया हूँ। वह भी लगभग तीन महीने बाद, जब वह इसे छोड़

गया था। सम्पादक को निश्चय ही यह बिखरी-बिखरी, अधूरी-सी कहानी लगी होगी कि उसने इसे लौटा दिया है। अलग-अलग स्थितियों में शोभा के चेहरे की छवि, लेखक सम्भवत: प्रतीक के रूप में दिखाना चाहता है, किसी मानसिकता को दिखाने के लिए। पर मानसिकता उसकी अपनी या शोभा की?

शम्भु ने कहा था कि अगर कहानी अच्छी नहीं लगे तो मैं उसे फाड़कर फेंक दूँ, पर फाड़ फेंकने को मेरा मन नहीं माना। यह कहानी भले ही न बन पाई हो पर उसमें कहीं-कहीं पर सच्चा दर्द छिपा है, कहीं-कहीं पर दिल की छटपटाहट भी। फाड़कर फेंक देने का मतलब होगा, उसे भी नकार देना। मैं यह पांडुलिपि शम्भु को ही लौटा दूँगा, और अपनी प्रतिक्रिया भी उसे साफ-साफ बता दूँगा।

मैं यह निश्चय कर ही पाया था कि खिड़की के बाहर नजर जाने पर मैं अवाक्-सा बाहर की ओर देखता रह गया हूँ। सड़क पर शम्भुनाथ चला जा रहा है। और वह अकेला नहीं है। शम्भु ने अपने बेटे को कन्धों पर उठा रखा है, और उसकी पत्नी शोभा, बनी-सँवरी, बेटी का हाथ अपने हाथ में लिये साथ-साथ चली जा रही है। कन्धों पर बैठा बेटा कुछ बतिया रहा है और शोभा मुस्कराती हुई उसकी बातें सुने जा रही है।

राहत

मिलखीराम उन्हीं कदमों लौट पड़ा। गढ़वालियों की धर्मशाला में बेटा नहीं पहुँचा था। यहाँ नहीं पहुँचा तो वह जरूर आढ़तवाले की दुकान पर बैठा मेरी राह देख रहा होगा! धर्मशाला में आना ही भूल थी। और मिलखीराम धर्मशाला का चबूतरा उतरकर फिर से पहाड़गंज की ओर चल पड़ा।

ऐसा मिलखीराम दूसरी बार कर रहा था। पहले वह आढ़तवाले की दुकान पर ही गया था, और वहाँ बेटे को न देखकर धर्मशाला की ओर चल पड़ा था। और अब फिर से उसके कदम आढ़तवाले की दुकान की ओर बढ़ने लगे थे।

मिलखीराम मन-ही-मन झुँझलाया—यह भी कोई ढंग है काम करने का? गाँव से आए हो तो सौदा खरीदकर एक जगह पर बैठो, या तो आढ़तवाले की दुकान पर या गढ़वालियों की धर्मशाला में। यह क्या कि न यहाँ, न वहाँ! अब मैं तुम्हें कहाँ ढूँढ़ता फिरूँ?

पहाड़गंज को जानेवाला रास्ता भीड़ से खचाखच भरा था। धक्के पर धक्का पड़ रहा था। किस्मत के मारे लोग ही दिल्ली में जाकर बसते हैं, मिलखीराम ने मन-ही-मन कहा, जैसे मैं किस्मत का मारा दिल्ली की सड़कों पर धक्के खा रहा हूँ। गाँव में रहना क्या बुरा है! चेतू की दुकान पर घंटों बैठो, चिलम के कश लगाओ, यार-दोस्तों के साथ गप्प लड़ाओ, पर जरूरत क्या नहीं करवाती, नाक में नकेल डालकर इनसान को हाँकती है—इधर से उधर, उधर से इधर।

पुल की ढलान पहाड़गंज में ही उतरती थी। ढलान उतरते हुए मिलखी की टाँगें लड़खड़ाने लगीं। पल-भर के लिए कहीं पर बैठ जाने को मन चाहा और वह एक बन्द दुकान के छोटे-से चबूतरे पर जा बैठा। भीड़ का रेला अब उसकी आँखों के सामने से गुजर रहा था। और वह फिर हैरान हो उठा। ये सब लोग कहाँ जा रहे हैं? सब एक ही रेले में बहे जा रहे हैं, मानो किसी का कोई ठौर-ठिकाना न हो! पर नहीं, ऐसा नहीं है। भीड़ में रहते हुए भी, हर किसी के पाँव अपने-अपने ठिकाने की ओर बढ़ रहे हैं, भटका हुआ कोई नहीं है—न बच्चा, न

बूढ़ा, न मर्द, न औरत। अकेला मैं ही भटका हुआ हूँ जिसे सूझ नहीं रहा है कि कहाँ जाऊँ, किस ओर को मुड़ूँ। दो दिन से सड़कों की खाक छान रहा हूँ।

कुछ ही देर बाद मिलखी आढ़तवाले की दुकान के सामने खड़ा था। अबकी बार आढ़ती गद्दी पर बैठा तोंद फैलाए सिगरेट के कश लगा रहा था। और हर कश के बाद चुटकी बजा-बजाकर सिगरेट की राख छिड़क रहा था।

"अब तू फिर मेरा दिमाग चाटने पहुँच गया है? कितनी बार तुझसे कहूँ कि तेरा बेटा यहाँ नहीं आया। नहीं आया—नहीं आया?"

"वह धर्मशाला में नहीं पहुँचा," मिलखी ने घबराकर कहा, जिस पर आढ़ती ठिठककर उसकी ओर देखने लगा और उसका लहजा कुछ नर्म पड़ गया।

"बैठ जा इधर, चबूतरे पर। तो बेटा न आज आया है, न कल आया था, न परसों। वह इस महीने आया ही नहीं। अब मैं कितनी बार तुम्हें बताऊँ?" फिर पीछे दुकान की ओर मुँह करके बोला, "क्यों लड़के, मिलखीराम का बेटा इधर आया था? वह जो गाँव से हर महीने सौदा लेने आता है? नहीं आया न?...अब बोल, तेरे बेटे को यहाँ कौन नहीं जानता? आया होता तो बताते नहीं कि आया था और सौदा-सूदा ले गया है? अब जा, घर में आराम से जाकर बैठ। आएगा तो मैं उसे सीधा तेरे पास भेज दूँगा।" फिर अन्दर की ओर मुँह करके बोला, "पिलाओ जी ठंडा पानी मिलखीराम को।" फिर उसे ढाढ़स बँधाता हुआ बोला, "सुन, यह दिल्ली शहर है। यहाँ पर किसी को ढूँढ़ना भूसे के ढेर में से सूई ढूँढ़ने के बराबर है। चुपचाप घर पर जाकर बैठ जा। तेरा बेटा दूध-पीता बच्चा नहीं है। जहाँ भी है, अपने-आप तेरे पास पहुँच जाएगा।"

कुछ देर बाद मिलखीराम फिर से सड़कों की खाक छानने लगा था। आढ़ती ने तो कह दिया कि घर पर जाकर बैठ, पर घर पर जाकर कैसे बैठ जाऊँ? न जाने बेटा कहाँ धक्के खा रहा है!

एक बार मन हुआ, धर्मशाला का फिर से चक्कर लगा आए। क्या मालूम, धर्मशाला के अन्दर ही कहीं पड़ा सो रहा हो! क्या मालूम, उसे ताप चढ़ा हो, और अलग-थलग किसी कोठरी में पड़ा हो! मैंने अन्दर जाकर तो देखा ही नहीं।

वह धर्मशाला की ओर मुड़ा भी, पर फिर, शाम के साये उतर रहे थे और उसे दूर महारानीबाग पहुँचना था। बसों में कहाँ आसानी से जगह मिल पाती है, कई बार तो तीन-तीन बसें निकल जाती हैं और खड़ा होने तक के लिए जगह नहीं मिलती। और मिलखी बस-स्टैंड की ओर चल पड़ा।

बस में हिचकोले खाते उसका दिल रोने-रोने को हुआ। जरा भी कहीं बैठने को जगह मिल जाए, तो मन तरह-तरह की कल्पनाओं में खोने लगता है। पहले जहाँ मन में खीज उठ रही थी, अब बेटे को लेकर मन घबराने लगा था। अगर वह सचमुच कहीं खो गया है तो मैं उसे कहाँ ढूँढ़ूँगा? अगर उसके साथ कोई नेकी-बदी

हो गई है तो क्या होगा? यह सोचते ही मिलखी को लगा, जैसे वह किसी मँझधार में जा गिरा है। बस में बैठे-बैठे ही उसकी आँखों के सामने अँधेरा-सा छाने लगा। बार-बार दिल्ली शहर की भीड़ उसकी आँखों के सामने उभरने लगी। वह उसे कहाँ ढूँढ़ेगा? उसका कैसे पता लगाएगा?

मिलखीराम महारानीबाग के एक बँगले में रसोइये का काम करता था। यह तो मालिकों की मेहरबानी थी कि बेटे की खोज-खबर लेने के लिए उसे छुट्टी दे रखी थी। पर आज तो तीसरा दिन चल रहा था।

मिलखीराम सीढ़ियाँ चढ़कर ऊपर पहुँचा तो उसकी आँखें लाल हो रही थीं और दिन-भर की थकान के मारे टाँगें काँप रही थीं।

''बेटे का पता चला?'' साहिब और मालकिन ने एक साथ पूछा।

''नहीं जी...''

''पुलिस में रपट लिखवाई है?'' साहिब ने सीधा सवाल किया। ''कल ही मैंने तुमसे कहा था कि सबसे पहले पुलिस में रपट लिखवाओ।''

और जब मिलखी चुपचाप मुँह बाए खड़ा रहा तो साहिब की आवाज में तनिक कठोरता आ गई।

''तुम समझते हो, दिल्ली की सड़कों पर तुम उसे ढूँढ़ लोगे? होश में तो हो?''

पति-पत्नी ने एक-दूसरे की ओर देखा। पति की आँखों में रुखाई थी, व्यवहारकुशल आदमी की दृढ़ता, जबकि पत्नी की आँखों में सहानुभूति थी।

''मिल जाएगा, मिल जाएगा, पर साहिब ठीक कहते हैं। तुम्हें सबसे पहले पुलिस में रपट लिखवानी चाहिए थी।''

''कल मैं खुद तुम्हारे साथ चलूँगा। सबसे पहले रपट लिखवाओ। बेटे का कोई फोटो-वोटो है तेरे पास?''

मिलखी ने सिर हिला दिया।

इस पर साहिब कुछ देर तक सोचते रहे, फिर यह कहकर कि 'कल देखेंगे, जाओ'—वह अपने कमरे की ओर मुड़ गए।

मालिक-मालकिन की ओर से सहानुभूति पाकर मिलखी फिर से आश्वस्त महसूस करने लगा कि बेटा मिल जाएगा। ये पढ़े-लिखे लोग ज्यादा जानते-समझते हैं, साहिब जरूर कोई तरकीब निकालेंगे। शहर के सब काम इन जैसे लोगों के सहारे ही चलते हैं, हम देहाती मूर्ख कुछ नहीं जानते।

दूसरे दिन पुलिस में रपट लिखवाई गई। साहिब साथ गए। पुलिस के बड़े अफसर ने खुद मिलखी से सवाल पूछे। बेटे का हुलिया मिलखी ने बताया।

''जी, वह हर दूसरे महीने दिल्ली आता है। नैनीताल के निकट हमारा गाँव है, वहाँ बेटा दुकान पर बैठता है। सिर पर कर्ज था जी, कर्ज उतारने के लिए मैं नौकरी करने दिल्ली आया हूँ। बेटा दुकान देखता है। सौदा-सूदा यहाँ से ले जाता है।

अबकी बार आया है जी, पर मुझे नहीं मिला। उसका पता ही नहीं चला। घर से तो आया है, यह तो धर्मशाला में हमारे गाँव के एक आदमी ने बताया है। पर मुझे अभी तक नहीं मिला...''

रपट लिखी गई। पुलिस अफसर ने साहिब को विश्वास दिलाया कि बेटा दिल्ली में है तो उसे ढूँढ़ निकालेंगे।

''हम लड़के का हुलिया दिल्ली के हर पुलिस थाने में पहुँचा देंगे। रेडियो पर खबर दे देंगे, अपनी ओर से पूरी कोशिश करेंगे और लड़का मिलते ही आपको खबर करेंगे।'' और पुलिस अफसर ने साहिब का पता, टेलीफोन का नम्बर और जाने क्या-क्या, सब पूछ लिये।

पुलिस में रपट दर्ज करवाने के बाद साहिब तो अपने काम पर चले गए और मिलखी फिर से सड़कें मापने लगा। घर पर हाथ पर हाथ रखे कैसे बैठ सकता था?

फिर तो ऐसा चक्कर चला कि मिलखीराम दिल्ली की सड़कों का होकर रह गया। सबसे पहले पुलिस थाने जा पहुँचता जहाँ रपट लिखवाई थी। साहिब साथ में थे तो बात दूसरी थी, अकेला मिलखी रात को, ज्यादा वक्त थाने के बाहर ही डोलता रहता। फिर एक चक्कर वह पहाड़गंज का भी लगाता, वहाँ से पाँव घसीटता गढ़वालियों की धर्मशाला में भी जा पहुँचता।

पर यह तो जैसे शुरुआत थी। पुलिस थाने के बाहर गुमशुदा लड़कों की सूची लगी रहती, उनके चित्र लगे रहते। बेटे का चित्र वहाँ न होते हुए भी वह उन्हें झाँक-झाँककर देखता। आढ़तवाले ने भी कई बार कहा था कि टेलीविजन पर भी गुमशुदा लोगों के चित्र दिखाते हैं। एक चाय-पानी की दुकान पर दीवार के साथ टेलीविजन रखा था, मिलखीराम वह कार्यक्रम भी आँखें फाड़-फाड़कर देखता रहा।

फिर ऐसी स्थिति आई कि जो किसी ने कहा, जो कान में पड़ा, उसी को सुनकर मिलखीराम चल पड़ता। किसी के मुँह से सुना कि किसी जगह बस और स्कूटर की टक्कर हुई है और एक लड़का कुचल गया है तो मिलखीराम घबराया हुआ उस ओर चल पड़ा। कहीं सुना कि कोई लड़का किसी हादसे में जख्मी होकर अमुक अस्पताल में पड़ा है, तो मिलखी की काँपती टाँगें उस अस्पताल की ओर चल पड़तीं। नौबत यहाँ तक पहुँची कि अस्पतालों के शव-गृह के बाहर भी मिलखीराम खड़ा पाया जाने लगा। शव-गृह के बाहर, ड्यूटी पर खड़े जमादार से पूछता फिरता, अपने बेटे का हुलिया बताता फिरता। एक बार उसके कान में पड़ा कि किसी लड़के ने जमुना जी के पुल पर से कूदकर आत्महत्या कर ली है। मिलखी सुनते ही सिर से पाँव तक काँप उठा। और उसकी मति ऐसी मारी गई कि वह पाँव घसीटता जमुना के पुल की ओर चल पड़ा। उसे इतना भी नहीं सूझा कि उसके बेटे को गाँव से आए दस दिन बीत चुके हैं, अगर उसे आत्महत्या करनी थी तो वह आज क्यों करेगा? और कौन जाने आत्महत्या करने वाले की लाश कहाँ पर होगी! पर

मिलखी का मन भँवरों के चक्कर खा रहा था। कौन जाने, सौदा खरीदने के लिए जो पैसे घर से लाया था, वह किसी गुंडे ने छीन लिये हों! उनके बीच हाथापाई हो गई हो और गुंडे ने उसके पेट में छुरा घोंप दिया हो! क्या था जिसकी कल्पना मिलखी ने न की हो! बेटे की खोज उसके लिए भयानक दु:स्वप्न-सा बन गई थी। पाँव घसीटता और बसों में धक्के खाता, कभी एक ओर तो कभी दूसरी ओर। आँखें फाड़े हर राह जाते के चेहरे को घूरता हुआ, कभी एक की सुन, कभी दूसरे से पूछ, पागलों की तरह फिर रहा था।

उधर गहरी शाम गए साहिब के बँगले पर लौटता तो साहिब अब रुखाई से पेश आने लगे थे। उसकी जगह एक दूसरा बावर्ची आ गया था। साहिब के घर आए-दिन डिनर-पार्टियाँ होती थीं। उन्हें कब तक टालते रहते? इसमें संदेह नहीं कि पहले तीन दिन उन्होंने भरसक कोशिश की थी, हमदर्दी जताई थी। जो कर सकते, किया भी था पर किसके पास इतना धैर्य या वक्त है कि दूसरे का बोझ अपनी पीठ पर लाद ले और उसे ढोता फिरे? उनके लिए मिलखी की समस्या झंझट-सा बनती जा रही थी।

फिर एक शाम मिलखी बँगले पर नहीं लौटा। घर-मालकिन ने नए बावर्ची से पूछा तो उसने यही कहा कि मिलखीराम नहीं लौटा है, कुछ बोलकर भी नहीं गया था कि शाम को नहीं लौटेगा। घर-मालकिन को धक्का-सा लगा और चिन्ता हुई, बड़ी उम्र का आदमी है, कहीं खुद ही किसी मुसीबत में न फँस गया हो! पर यह सोचकर कि वह कर ही क्या सकती है, अपने कामों में उलझ गई।

मिलखीराम दूसरे दिन भी नहीं आया। घर-मालकिन और साहिब के मन में तरह-तरह की शंकाएँ, तरह-तरह के सवाल उठने लगे। पर वे मिलखी की खोज में तो नहीं निकल सकते थे। गया तो गया, जहाँ दिल्ली के अथाह सागर में बेटा डूब गया तो बाप भी डूब सकता है।

पर तीसरे दिन शाम होते-होते जब मालकिन ऊपरवाली मंजिल के बरामदे में टहल रही थीं तो उन्हें मिलखीराम घर की ओर आता नजर आया। घर-मालकिन ने कमरे के अन्दर बैठे अपने पति को बताया कि मिलखी आ गया है।

कुछ ही देर में मिलखी उनके सामने खड़ा था। उसकी आँखें अभी भी लाल हो रही थीं, कपड़े मुचड़े हुए, शरीर का अंग-अंग शिथिल। मिलखी उन दो हफ्तों में ही जैसे बूढ़ा हो गया था। वहाँ खड़े-खड़े भी उसकी साँस फूल रही थी।

''तुम कहाँ गए थे? बताकर भी नहीं गए! बेटे का कुछ पता चला?''

जवाब में मिलखीराम बड़े आश्वस्त भाव से बोला, ''पता चल गया है जी!''

घर-मालकिन को यह सुनकर बड़ा सुखद आश्चर्य हुआ, ''कहाँ पर था? कहाँ से मिला?''

''एक फकीर ने बताया है कि वह दिल्ली में नहीं है, दिल्ली के बाहर है।''

"फकीर! फकीर कौन?"

"फकीर कहता था कि बेटा महीने-भर में अपने-आप लौट आएगा।"

अब तक साहिब भी बरामदे में आ गए थे।

"क्या? किसने कहा कि वह महीने-भर में लौट आएगा?"

"फकीर ने बताया है जी।"

"यह फकीर कौन है?"

घर-मालकिन भी चौंकी।

मिलखी कुछ देर तक चुप रहा फिर धीरे से बोला, "मेरठ के पास एक गाँव में रहता है जी। वहाँ एक पीर के मजार पर बैठता है।"

घर-मालकिन और उसका पति एकटक मिलखी के चेहरे की ओर देखे जा रहे थे।

"तो तुम पिछले दो दिन से उस फकीर से मिलने गए हुए थे?" साहिब ने रुखाई से पूछा।

"यहाँ महरौली में खानकाह है जी, वहाँ खानकाहवालों ने कहा कि उस फकीर के पास जाओ, वह बेटे का अता-पता बता देगा।"

पति-पत्नी ने फिर एक-दूसरे की ओर देखा। उन्हें लगा, जैसे मिलखी बौरा गया है।

"फकीर ने कहा और तूने मान लिया? क्या कहा है फकीर ने? कौन है यह फकीर? तुम पीरों-फकीरों के चक्कर में पड़ने लगे हो क्या?" साहिब की आवाज में व्यंग्य और उपहास का पुट था। "दो दिन से घर पर नहीं आए। हमने समझा, बेटे की खोज-खबर ले रहा है। हमें क्या मालूम, तुम..."

वह अभी अपना वाक्य पूरा नहीं कर पाए थे कि बगल में खड़ी उनकी पत्नी ने उनके हाथ पर अपना हाथ रखकर उन्हें चुप रहने का आग्रह किया।

"क्या कहा है फकीर ने?" साहिब ने फिर पूछा।

साहिब की आवाज में रुखाई थी पर उससे मिलखीराम विचलित नहीं हुआ। पिछले दो सप्ताह की भटकन और परेशानी के कारण चेहरे की मांसपेशियाँ अभी भी तनी हुई थीं पर उसकी आवाज में थोड़ी स्थिरता आ गई थी।

"फकीर ने कहा है जी, तेरा बेटा अपने दो दोस्तों के साथ बम्बई गया है। महीने-भर में अपने-आप लौट आएगा।"

"और तूने मान लिया कि वह लौट आएगा?" साहिब ने कन्धे बिचकाते हुए कहा। पर पत्नी ने फिर से उनका हाथ दबाया तो वह चुप हो गए।

घर-मालकिन ने मिलखी को रसोईघर की ओर चले जाने को कहा, "जाओ, कुछ खा लो। चाय बनाकर पी लो।"

मिलखी वहाँ से हट गया, धीरे-धीरे चलता हुआ रसोईघर की ओर बढ़ गया।

‘‘तू क्यों मुझे बोलने से रोक रही थी ? इस जाहिल को समझाऊँ नहीं कि पीरों-फकीरों के चक्कर में नहीं पड़े ?’’

‘‘देखो जी,’’ पत्नी धीमी आवाज में बोली, ‘‘इसे दो घड़ी चैन से सोने तो दो। तुम तो झट से अपना तर्क झाड़ने लगे। यह दस दिन से बेटे के लिए पागल हुआ भटक रहा है। इसे कुछ तो चैन मिले ! इसका बेटा मिलेगा या नहीं मिलेगा, भगवान जाने, पर इसकी उम्मीद को क्यों तोड़ते हो ?’’

मुझे मेरे घर छोड़ आओ!

देश के बँटवारे के दिन थे। शरणार्थियों से भरी रेलगाड़ी वजीराबाद स्टेशन पर पहुँची ही थी कि एक छोटा-सा हादसा हो गया। डिब्बे में से एक बुजुर्ग, लोटा हाथ में लिये पानी लेने के लिए उतरा। नल पर पहले से ही भीड़ जमा हो गई थी, लोग लपक-लपककर नल की ओर जा रहे थे। सभी हड़बड़ाए हुए थे, क्योंकि गाड़ी दो-तीन मिनट के लिए ही वहाँ रुकती थी और घाम इतनी ज्यादा थी कि हर कोई चाहता था कि जैसे भी हो, दो घूँट पानी गले में से उतरे। पर इतनी भीड़ में बुजुर्ग के लिए नल तक पहुँच पाना असम्भव हो रहा था। सामान्य स्थिति में भी लोग कन्धा मारकर आगे बढ़ जाते हैं, कोई परवाह नहीं करता, यहाँ तो प्यास के मारे सभी को जान के लाले पड़े हुए थे।

"ओ, नेकबख्तो, मुझे दो घूँट पानी ले लेने दो! मैं प्यासा मर जाऊँगा!"

बूढ़ा बार-बार बिलबिलाए जा रहा था, पर वहाँ कौन सुनता था! धक्के पर धक्का पड़ रहा था। सभी प्यास के मारे परेशान थे। उधर गाड़ी छूटी जा रही थी।

तभी रेलगाड़ी ने सीटी दे दी और मुसाफिर जिस बेताबी से नल की ओर भागे थे, उससे दुगुनी बेताबी से वापस अपने-अपने डिब्बे की ओर भागने लगे थे। जिस किसी ने दो घूँट पानी पी लिया तो पी लिया। किसी-किसी के हाथ में पानी से भरा बर्तन था, उसके भागते कदमों के कारण, उसमें से पानी छलक-छलककर गिर रहा था और डिब्बे तक पहुँचते-पहुँचते आधे से ज्यादा पानी नीचे गिर चुका होता।

जब गाड़ी ने सीटी दे दी और लोग अपने-अपने डिब्बों की ओर भागने लगे तो प्यास का मारा बूढ़ा किंकर्तव्यविमूढ़-सा नल के निकट डोलता रह गया। लोग डिब्बों की ओर भाग रहे थे, इसलिए अब नल तक पहुँचना आसान हो रहा था। बूढ़ा प्यास बुझा पाने के लिए कभी नल की ओर बढ़ता, कभी गाड़ी छूट जाने के डर से मुड़कर गाड़ी की ओर कदम बढ़ाने लगता। अपनी लाचारगी में छटपटा रहा था।

उसे इस स्थिति में देखकर उसके डिब्बे के मुसाफिर चिल्लाने लगे थे, "लौट आओ लालाजी, आ जाओ, गाड़ी छूट रही है।"

अन्त में बिना पानी पिए बूढ़ा लौटने लगा था और अभी वह अपने डिब्बे के नजदीक ही पहुँचा था कि रेलगाड़ी सरकने लगी थी। बूढ़ा बदहवास-सा गाड़ी की ओर लपकने लगा था। इस बीच सिर पर बँधी उसकी मैली-सी पगड़ी खुल गई थी और उसका एक सिरा कन्धे पर झूलने लगा था, और दूसरा सिरा उसके पीछे जमीन पर घिसटता आ रहा था।

तभी वह हादसा हो गया। गाड़ी धीरे-धीरे सरक रही थी जब बूढ़ा हड़बड़ी में ऐन डिब्बे के दरवाजे तक पहुँचकर धड़ाम से औंधे मुँह जा गिरा। हड़बड़ी में उसने दरवाजे के डंडे की ओर हाथ बढ़ाया, पर वह उसे पकड़ नहीं पाया और औंधे मुँह गिर पड़ा—आधा धड़ दरवाजे के अन्दर और आधा बाहर। यह तो गनीमत थी कि लोग उसी की ओर देख रहे थे और उसे पुकारते रहे थे, इसलिए कुछ लोगों ने आगे बढ़कर उसे अन्दर खींच लिया, वरना गाड़ी तब तक प्लेटफार्म छोड़ चुकी थी और तेजी से आगे बढ़ने लगी थी।

''जान बची लाला, खैर मनाओ।'' किसी मुसाफिर ने कहा।

''पानी लाना था तो हमसे कह देते, यह उम्र तुम्हारी गाड़ियों के पीछे भागने की नहीं है।'' दूसरे मुसाफिर ने झूठी हमदर्दी जताते हुए जोड़ा।

बूढ़ा हाँफ रहा था। उसके घुटने छिल गए थे। उसकी ठुड्डी डिब्बे के फर्श के साथ टकराई थी जिस कारण उसके मुँह में से खून की बूँदें टपकने लगी थीं।

''जो होना था, हो गया। अब यहाँ आराम से बैठो।'' एक मुसाफिर ने कहा और दिल कड़ा करके अपनी सुराही में से दो बूँद पानी उसके मुँह में डाला। एक अन्य मुसाफिर ने उसी की पगड़ी में से थिगली फाड़कर उसका खून पोंछा।

तभी लगा कि डिब्बे में बैठे शरणार्थी मुसाफिरों में से उसका अपना सगा-सम्बन्धी कोई नहीं था। वह लाला मूसा के स्टेशन पर गाड़ी में बैठा था, जिसका मतलब था कि वह मूसा के निकट ही किसी गाँव से आया होगा। कौन कहाँ से आया था, उस समय यह सवाल ही किसी से पूछना बेमतलब और बेमानी हो गया था। सब एक ही प्रदेश से आ रहे थे और एक ही दिशा में चले जा रहे थे। बाद में पता चला कि उसके परिवार के लोग इससे पहलेवाली गाड़ी में बैठकर जा चुके थे और यह अकेला इस गाड़ी में बैठा था। न जाने उसके सम्बन्धी उस समय कहाँ पर थे, और बूढ़े से उनका अता-पता पूछना निरर्थक था। यों भी सब शरणार्थियों के पते जैसे किसी खोह में गुम हो चुके थे और आगे का पता किस शरणार्थी को मालूम था?

बूढ़ा सँभल तो गया था और संडास के दरवाजे के साथ पीठ लगाकर बैठ गया था, पर चोट लग जाने के कारण दर्द से बेचैन था और दर्द से भी ज्यादा, अपनी निःसहायता से परेशान था।

इसी परेशानी में वह बच्चों की तरह बिलख-बिलखकर बोलने लगा, ''मैं अपने घर जाऊँगा! मुझे मेरे घर छोड़ आओ! मैं अपने घर जाऊँगा!''

वह बार-बार दाएँ-बाएँ सिर हिलाता हुआ कहे जा रहा था।

आस-पास खड़े मुसाफिरों ने सुना और एक-दूसरे की ओर देखकर मुस्करा दिये।

''इसे घर की याद आने लगी है।'' एक मुसाफिर ने व्यंग्य से कहा।

पर बूढ़ा अभी भी सिर झटक-झटककर बिलबिलाए जा रहा था, ''मुझे मेरे घर छोड़ आओ!''

''तुम्हारा घर कहाँ है? क्या बोल रहा है लाला? अब किसी का कोई घर नहीं है। तुम्हें कहाँ छोड़ आएँ?''

बूढ़े ने क्षण-भर के लिए अपनी आँखें खोलीं, पर लगा, जैसे लोगों के सवाल का उस पर कोई असर नहीं हुआ क्योंकि बूढ़ा फिर से सिर को दाएँ-बाएँ हिलाता हुआ बिलबिलाने लगा था, ''ओ नेकबख्तो, मुझे मेरे घर छोड़ जाओ! मैं अपने घर जाऊँगा!''

''इसका दिमाग बहक गया है।'' एक मुसाफिर ने धीमी आवाज में कहा। ''इसे घर की याद सताने लगी है।'' फिर ऊँची आवाज में बूढ़े को सम्बोधन करते हुए बोला, ''बाबा, तेरा घर कहाँ है?''

बूढ़े ने सिर हिलाना छोड़ दिया और झट से बोला, ''मियानी में। मियानी, जिला—शाहपुर।''

''अब तुम्हें मियानी छोड़कर आएँ?'' एक मुसाफिर ने चिल्लाकर कहा, ''दिमाग तेरा ठिकाने है क्या? घर से बेघर होकर हम मारे-मारे फिर रहे हैं और तुम्हें मियानी याद आ रही है? उधर तेरी माँ बैठी है?...''

पर जिसका दिमाग बहक जाए, उसका क्या इलाज? वह अभी भी दाएँ-बाएँ सिर हिलाता हुआ बच्चों की तरह बिलबिलाए जा रहा था, ''मुझे मेरे घर छोड़ आओ!''

''यह पगला गया है, तो इस हालत में बूढ़े को कौन सँभालता फिरेगा?''

एक-एक करके मुसाफिर अपनी-अपनी सीट पर जाकर बैठने लगे।

संडास के दरवाजे के साथ पीठ लगाए बैठा वह बूढ़ा सिर हिलाता हुआ, बुदबुदाए जा रहा था।

तभी एक बुढ़िया, जो डिब्बे के कोने में बैठी थी और देर से यह सारा वार्तालाप सुने जा रही थी, चुपचाप अपनी सीट पर से उतर आई और बूढ़े के पास डिब्बे के फर्श पर बैठ गई।

''कुथै तुसाँ वजणा, भाया जी?''

बुढ़िया का वाक्य सुनकर सहसा बूढ़ा चुप हो गया। उसने आँखें खोलीं। उसका सिर हिलना बन्द हो गया। वह देर तक बुढ़िया के चेहरे की ओर देखता रहा।

''मियाणी वजसो? मैं तुहानूँ लैवंजाँ?''

आस-पास खड़े लोग समझ गए कि बुढ़िया उसी के गाँव की बोली में बात कर रही है।

वह बूढ़ा, मानो किसी तंद्रा से जगा हो! देर तक बुढ़िया के चेहरे की ओर देखते रहने के बाद वह सहसा फूट-फूटकर रोने लगा, "ओ रब्बा डादिया! मैनू कित्थे लिया सुट्टिया ई?" (हे मेरे भगवान, तुमने मुझे कहाँ ला पटका है?)

उसे रोता देखकर कुछ लोगों का दिल द्रवित हो उठा पर वे सब यह देखकर आश्वस्त भी हो गए कि बूढ़ा पगला नहीं गया है, कि उसका दिमाग ठिकाने पर आ गया है और अब उसे लेकर किसी को कोई झंझट नहीं उठाना पड़ेगा, वरना इसे कौन सँभालता फिरता?

रफ्तार

बाबू जगन्नाथ घर से निकला तो सुबह के दस बज रहे थे। किवाड़ बन्द करते हुए पत्नी बोली, ''सड़क पार करोगे तो ध्यान से करना, कहो तो मैं साथ चलूँ?''

इस पर बाबू जगन्नाथ तुनक उठा, ''तुम वहाँ क्या करोगी, भली-मानुस? क्या मेरा हाथ पकड़कर सड़क पार करवाओगी?''

''इस वक्त सड़कों पर ट्रैफिक बहुत बुरा होता है न, इसीलिए कहा था। ध्यान से सड़क पार करना।''

इस पर बाबू जगन्नाथ सिर झटककर, डींग मारता हुआ-सा बोला, ''तुम जाओ अन्दर। क्या तुमने मुझे दूध-पीता बच्चा समझ रखा है? अभी भी कहो तो भागती बस पर चढ़कर दिखा दूँ?'' और घर का आँगन लाँघकर हाथ में अपना बैग झुलाते हुए सड़क पर आ गया।

जवानी तो बेशक कोसों पीछे छूट चुकी थी, पर आवाज में अभी भी दम था और टाँगों में लचक। इठलाता हुआ-सा बाबू जगन्नाथ चौराहे की ओर बढ़ चला।

अक्टूबर महीने की सुबह, हवा में हल्की-हल्की खुनकी थी। बाबू जगन्नाथ ने दाएँ हाथ में काले रंग का बैग उठा रखा था, जिसमें भोजन का डिब्बा, पढ़नेवाला चश्मा, एक रसाला और कुछ कागज रखे थे।

चौराहे के नजदीक पहुँचने पर बाबू जगन्नाथ के कदम तेज हो गए। ताजादम तो वह पहले ही महसूस कर रहा था, यह भी जवानी का ही अवशेष उसमें बच रहा था। जमाना था जब वह बस को दूर से आते देखकर ही भाग खड़ा होता था, टाँगें अपने-आप दौड़ पड़ने के लिए कसमसाने लगती थीं।

घर में से निकलते समय पत्नी ने पूछा था, 'किस नम्बरवाली बस पर जाओगे?'

उस वक्त बाबू जगन्नाथ ने झल्लाकर कहा था, 'क्या मुझे मालूम नहीं है? तुम मेरा इम्तहान लेना चाहती हो? मैं पहले नम्बर 81 में बैठकर केन्द्रीय मंत्रालय जाऊँगा, वहाँ बस बदलकर नम्बर 841 में बैठूँगा।'

पत्नी देर तक उसके चेहरे की ओर देखती रही थी, फिर घर के अन्दर लौट गई थी। उसने इतना-भर कहा था, 'कूद-कूदकर बसों में नहीं चढ़ना। अब तुम्हारी वह उम्र नहीं रह गई है।'

चौराहे की ओर जाते हुए जगन्नाथ की आँखों के सामने एक-एक करके वे दृश्य घूमने लगे जब जवानी के दिनों में भागती बसों पर कूदकर चढ़ना उसके लिए तबह-आजमाई हुआ करता था। दौड़ते ताँगे पर से तो वह बचपन में ही कूद जाया करता था। दौड़ते ताँगे पर से नीचे छलाँग लगाना, फिर ताँगे के साथ-साथ दौड़ना, फिर डँडहरा पकड़कर उचककर पायदान पर खड़े हो जाना, यह तो उसके लिए खेल बराबर हुआ करता था। कई बार तो वह चलती रेलगाड़ी पर भी लपककर चढ़ा था, बल्कि कई बार तो लम्बे-लम्बे सफर भी उसने रेल के डिब्बे के पायदान पर खड़े-खड़े तय कर डाले थे। एक के बाद एक, तरह-तरह की घटनाएँ उसे याद आ रही थीं और वह उन्हीं की हिलोर में आगे बढ़ता जा रहा था। अगर बस चल रही हो तो तुम लपककर बस के प्रवेश-द्वार के सामने पहुँच जाओ, फिर बाएँ पाँव पर दबाव डालकर कूदो और उछलकर दायाँ पाँव बस के पायदान पर रख दो और उसी वक्त दाएँ हाथ से डँडहरा पकड़ लो। बस, तुम बस के अन्दर हो। इसमें रखा ही क्या है! भागती बस पर चढ़ने का अपना नशा है!

मोड़ काटकर वह चौराहे के सामने पहुँचा ही था कि सारा परिदृश्य बदल गया। सड़क पर वाहन ही वाहन, चारों सड़कों पर वाहन ही वाहन। मोटरें, बसें, ट्रक, स्कूटर, मोटर-साइकल और उन्हीं के बीच ठेले और सामान से लदे टेम्पो और जाने क्या-क्या! इतना ही नहीं, उसे लगा कि एक साथ बीसियों भोंपू भी बज रहे हैं और ट्रैफिक की खट-खट में कुछ लोग चिल्ला भी रहे हैं, चीखना-चिल्लाना और गाली-गलौज भी चल रहा है। कुछ वाहन तो ऐसे थे कि उनके भोंपू ही नहीं, उनके चूल भी बज रहे थे और उनके अन्दर बैठी सवारियों को देखो तो जैसे उनकी हड्डी-पसली भी बज रही थी।

बाबू जगन्नाथ चकरा-सा गया। उसे उम्मीद नहीं थी कि ऐसा ट्रैफिक देखने को मिलेगा। उससे किसी ने कहा भी था कि सुबह दस बजे दिल्ली की सड़कों पर तांडव-नाच होता है, पर उसकी समझ में नहीं आया था कि इसका क्या मतलब है। 'सुबह दस बजे बाहर निकलोगे तो या आर या पार!' यह मुहावरा भी उसकी समझ में नहीं आया था; पर सुनानेवाले ने मतलब समझा दिया था, 'या आर या पार, मतलब—या बस के अन्दर या भगवान के पास।'

बाबू जगन्नाथ स्थिति का जायजा लेने के लिए बस-स्टॉप के पास पटरी पर जा खड़ा हुआ।

उसने देखा कि ऐसे ट्रैफिक में भी कुछ लोग पटरी पर से उतरकर सड़क पार करने की कोशिश कर रहे थे। एक आदमी की ओर देखते हुए तो उसका कलेजा

मुँह को आ गया। ट्रैफिक जोरों पर था, जब उसके पास ही खड़ा एक आदमी पटरी पर से उतरकर सड़क पर आ गया। वह दो कदम ही आगे बढ़ा होगा कि दाईं ओर से एक स्कूटर आ गया। वह तीन कदम पीछे हट गया। अब वह फिर से आगे बढ़ा तो भोंपू बजाता हुआ कोई मोटर-रिक्शा उसके सिर पर आ पहुँचा। वह फिर तीन कदम पीछे हट गया। कुछ देर तक तो यही सिलसिला चलता रहा—दो कदम आगे, तीन कदम पीछे। कभी-कभी लपककर वापस पटरी पर। अबकी बार वह सड़क के बीचोबीच तक जा पहुँचा था कि सहसा दाईं ओर से कोई मोटर आ गई। वह पीछे की ओर हटने ही वाला था कि मोटरवाला उसके बाएँ हाथ से मोटर निकाल ले गया। वह अभी सँभल भी नहीं पाया था कि उधर से दहाड़ती हुई एक बस पहुँच गई और वह आदमी काँपता-सा सड़क के बीचोबीच खड़ा रह गया। तभी अचानक ही जैसे भरभराते ट्रैफिक की गति थम गई, लालबत्ती ने ट्रैफिक का रास्ता रोक लिया था। उस आदमी की साँस में साँस आई और वह मौके से लाभ उठाकर लालबत्ती के कारण खड़े स्कूटरों-मोटरों में से अपना रास्ता बनाता हुआ सड़क पार कर गया।

उसकी ओर देखते हुए ही बाबू जगन्नाथ के माथे पर पसीना छलक आया था।

जिस जगह पर बाबू जगन्नाथ खड़ा था, वहाँ से चौराहा कुछ दूरी पर था। इसलिए जो भी बस पास से गुजरती, वह कुछ दूरी तक जाती हुई नजर आती रहती। इसलिए उसकी आँखें हर राह जाती बस का नम्बर देखने में लगी थीं। उसके दाएँ हाथ पर ही कुछ कदम की दूरी पर बस-स्टॉप था। वहाँ बीसियों लोग छितरे खड़े थे। बस दूर से आती दिखाई देती तो बीसियों गर्दनें एक साथ टेढ़ी होकर उस ओर मुड़ जातीं। सभी की आँखें उसका नम्बर पढ़ने में लग जातीं। और बस के रुकने की देर होती कि जोरों का धक्कमधक्का होता। पहले जहाँ बीसियों आँखें सक्रिय थीं, अब सहसा बीसियों पैर सक्रिय हो उठते। 'ठहरो! ठहरो! रोको!' की आवाजें सुनाई देतीं और इस धमा-चौकड़ी के बीच बस निकल पड़ती और देखते-ही-देखते रफ्तार पकड़ लेती। बस-स्टॉप भी एक नहीं था, अनेक थे। पीछे से आती हुई बसों में से कुछ रुकती थीं, कुछ दहाड़ती हुई सामने से गुजर जाती थीं—सभी खचाखच भरी हुईं।

"ठहरो!" सहसा ही बाबू जगन्नाथ चिल्लाया। 81 नम्बर बस तभी बस-स्टॉप के सामने आकर रुकी थी। "ठहरो!" वह फिर जोर से चिल्लाया और अपना काला बैग झुलाते हुए बस को रोके रखने का इशारा करने लगा। उसके बाद जो हुआ, बाबू जगन्नाथ की अपनी समझ में नहीं आया कि क्या हुआ है।

बाबू जगन्नाथ ने साफ देखा था कि वह अपना काला बैग झुलाते हुए बस की ओर दौड़ पड़ा था, वह ठीक बस नम्बर 81 को ही रुकने का आग्रह कर रहा था। उसने उसका नम्बर भी ठीक तरह से देखा था और उसे याद था कि उसके नीचे 'उत्तम ज्वैलर्स' का इश्तहार भी लगा था, जिसमें एक महिला सुन्दर कंठहार पहने मुस्करा रही थी। यह चित्र उसे दौड़ते हुए नजर आया था, जब उसके पहुँचने से पहले

बस चल दी थी और रफ्तार पकड़ने लगी थी। उस समय उसे अपने पर गुस्सा आया था—अपनी पत्नी पर विशेष रूप से। उसने उसे बातों में नहीं लगा लिया होता, वह घर में से दो मिनट पहले निकल आया होता तो इस समय बस में बैठा होता, इसी बस में कूदकर चढ़ बैठा होता।

अब भी अगर रास्ता साफ होता, बस पर चढ़नेवालों की इतनी भीड़ नहीं होती तो बाबू जगन्नाथ अपने चहेते फार्मूले के मुताबिक अपने बाएँ पाँव पर दबाव डालकर कूद जाता और दायाँ पाँव पायदान पर रख देता और डँडहरे को थाम लेता।

उस समय बस के पायदान पर तीन आदमी खड़े थे। पर ये तीनों निश्चेष्ट और निर्लिप्त बस की ओर भागते इस वयोवृद्ध को देखे जा रहे थे। इनमें से कोई हाथ बढ़ाकर उसका बैग ही अपने हाथ में ले लेता। आजकल लोग कैसे निष्ठुर होते जा रहे हैं! तीनों मजे से खड़े उसे हाँफते-भागते हुए देखे जा रहे थे, मानो तमाशा देख रहे हों!

बस की रफ्तार उत्तरोत्तर तेज होती जा रही थी और बुढ़ऊ के पाँव बोझिल होने लगे थे, कुछ-कुछ लड़खड़ाने भी लगे थे। फिर भी वह बस के पायदान के पास पहुँच गया था। उसने हाथ बढ़ाकर अपना काला बैग पायदान पर खड़े एक मुसाफिर को देना भी चाहा था, उसकी ओर बढ़ा भी दिया था, पर तभी जोरों का झटका लगा था और उसे लगा था कि बैग उन तीन मुसाफिरों की टाँगों के बीच फँस गया है और छूट नहीं रहा है, न ही पायदान पर इत्मीनान से खड़े यात्री उसकी ओर ध्यान ही दे रहे हैं।

''छोड़ो! इसे छोड़ दो! छोड़ दो भाई!! मेरा बैग छोड़ दो! प्लीज!!'' पर कोई जवाब नहीं मिला। बस की रफ्तार उत्तरोत्तर तेज होती जा रही है।

फिर आँखों के सामने कुछ टेढ़ा होकर घूम गया था, उसका हाथ पायदान के अन्दर लगे डँडहरे की ओर बढ़ा था। तभी कहीं से जोर का झटका भी लगा था और उसके भागते पाँव लड़खड़ाने लगे थे। बस फिर से दूर होती जा रही थी। जिस पायदान पर वह कूदकर चढ़ जाना चाहता था और जिस पर तीनों बस-यात्री ज्यों के त्यों खड़े थे, वहाँ से उसने देखा कि उसका काला बैग गिरा है और गिरते ही खुल भी गया है। बैग में से टिफिन का डिब्बा निकल आया था और निकलते ही खुल गया था और उसमें रखी चपातियाँ और आलुओं का सालन सड़क पर छितरा गए थे। एक बोतल भी बैग में से निकलकर लुढ़कती हुई सड़क के बीचोबीच चली गई थी। यह सब पलक झपकते ही हो गया था। तभी, जब वह बस की ओर हाथ फैलाए, आगे की ओर झुका हुआ, लचकते, दर्द करते घुटनों के बल पर आगे बढ़ रहा था, वह औंधे मुँह सड़क के बीचोबीच जा गिरा। सड़क पर ही उसने तीन पलसेटे खाए। दोनों घुटनों पर से उसकी पतलून फट गई। उसकी टाँगें अभी भी बुरी तरह से काँप रही थीं। उसी समय कोई आदमी चिल्लाया भी था, 'भागती गाड़ी पर चढ़ने की कोशिश करेगा तो मरेगा नहीं?'

फिर जैसे सब कुछ थम गया था। सड़क खाली हो गई थी। शोर थम गया था और सड़क के बीचोबीच बुढ़ऊ पड़ा था। घुटने छिले हुए, कोट कोहनियों पर से

फटा हुआ, माथे में से खून की धार बहे जा रही थी। उसकी धुँधलाती आँखों के सामने आस-पास खड़ी भीड़ में एक युवक, घनी-स्याह दाढ़ी वाले अपने किसी दोस्त के कन्धे पर हाथ रखे, हँसे जा रहा था। उसे यों हँसता देख उसे लगा, जैसे हँसते-हँसते उसका मुँह टेढ़ा हो गया है और दाँत बाहर को झाँकने लगे हैं। तभी उसकी आँखों के सामने अँधेरा छाने लगा था।

जख्मी आदमी के आस-पास घिर आई भीड़ में कोई कह रहा था, ''क्या नाम है इसका? कोई इसका अता-पता जानता है?''

आवाज बाबू जगन्नाथ के कानों में भी पड़ रही थी।

''इसका नाम-धाम पता नहीं चलेगा तो हम इसे कहाँ उठाते फिरेंगे? अस्पताल में ले जाएँगे तो वे भी इसका नाम-पता पूछेंगे।''

जगन्नाथ सुन रहा था। वह अपना नाम और पता बताना भी चाहता था पर आवाज मुँह में से नहीं निकल रही थी। जगन्नाथ बार-बार कोशिश करता कि उसके मुँह में से शब्द निकल पाएँ। उसने नहीं बताया और लोग उसे सड़क पर ही पड़ा छोड़ गए तो क्या होगा? जगन्नाथ ने फिर से मुँह खोलने और अपना नाम बताने की कोशिश की, पर वह हकलाते हुए इतना-भर कह पाया : 'जग...जगन...जगन्ना...!'

''जी! आपने मुझसे कुछ कहा?'' बगल में खड़ा आदमी बोला। बाबू जगन्नाथ चौंका, एक झटके में ही उसकी तंद्रा टूटी और वह सचेत हुआ। बस-स्टॉप के पास पटरी पर खड़े लोग पहले की ही तरह छितरे खड़े थे, पहले की ही तरह ट्रैफिक एक बाढ़ की तरह आगे बढ़ता जा रहा था। बाबू जगन्नाथ ने हाथ में पकड़े अपने बैग की ओर देखा। बैग हाथ में ही था। फिर उसने उसमें हाथ डालकर देखा—रसाला, चश्मा, दही की बोतल, सभी ज्यों के त्यों बैग में रखे थे। फिर भी बाबू जगन्नाथ को विश्वास नहीं हुआ। झुककर दोनों घुटनों की ओर देखा। नहीं, पतलून कहीं पर से भी फटी नहीं थी, पर घुटनों पर से, न पायँचों पर से। उसने माथे पर भी हाथ लगाया, फिर अपनी हथेली की ओर देखा। नहीं, कोई खून नहीं गिरा था।

बाबू जगन्नाथ सही-सलामत खड़ा था। उसने लम्बी साँस खींची।

''अच्छा हुआ जो बस निकल गई।'' उसके मुँह से निकला। जो दृश्य उसने अभी-अभी देखा था, उसकी परछाइयाँ अभी भी उसके मस्तिष्क में घूम रही थीं। ''कैसा खतरनाक दृश्य था! ठीक ही किया जो बस में चढ़ने की कोशिश नहीं की। जान-बूझकर जोखिम उठाने में क्या तुक है? यहाँ पर चढ़ते समय मैं गिर पड़ूँ, कोई हड्डी-पसली तोड़ बैठूँगा, कौन मुझे सड़क पर से उठाएगा? कौन मेरी देखभाल करेगा?''

बाबू जगन्नाथ ने इत्मीनान की साँस ली और बैग सँभालकर वहाँ से लौटने को हुआ।

''81 नम्बर की बस कब आएगी, भाई साहब?'' निकट ही पटरी पर खड़े किसी व्यक्ति ने पूछा।

जगन्नाथ ने घूमकर देखा, कोई बुजुर्ग उसी बस के बारे में पूछ रहा था जिसमें बाबू जगन्नाथ को जाना था। बाबू जगन्नाथ ने ध्यान से उस पूछनेवाले की ओर देखा। उसकी धुँधली-धुँधली आँखें सड़क पर लगी थीं पर लगता था, जैसे धुँधली-सी आकृतियाँ ही उसे दिखाई दे रही हों। उसने हाथ में छड़ी उठा रखी थी जिस पर दोनों हाथ टिकाए वह खड़ा था मानो छड़ी का सहारा लेकर खड़ा हो।

इतने में बस-स्टॉप पर शोर हुआ, 'आ गई! 81 नम्बर है! हाँ, हाँ, 81 है!' दसियों सिर दाईं ओर को घूम गए थे और बस-स्टॉप की ओर बढ़ती हुई बस की ओर उत्सुकता से देखे जा रहे थे।

बाबू जगन्नाथ लौटने को हुआ। जो फैसला कर लिया, वही ठीक है। अब मेरी उम्र भागती बसों पर चढ़ने की नहीं है, उसने मन-ही-मन कहा। उसने बैग सँभाला और घर की ओर कदम बढ़ाने ही वाला था कि ठिठककर खड़ा हो गया। वह बूढ़ा आदमी अपनी छड़ी की नोक से मानो रास्ता टटोलता हुआ बस नम्बर 81 की ओर बढ़ रहा था, साथ में कुछ बुदबुदाता हुआ भी जा रहा था। इस दौरान खचाखच भरी बस बस-स्टॉप पर आकर रुक गई थी और मुसाफिरों का एक रेला उसकी ओर बढ़ रहा था।

फिर सहसा ही बाबू जगन्नाथ के दिल में उबाल-सा उठा। वाह जी, बस सामने खड़ी है और मैं पटरी पर बुत का बुत बना खड़ा हूँ? उसने मन-ही-मन झुँझलाकर कहा और दूसरे ही क्षण, नाटा बाबू जगन्नाथ बस की ओर लपका। अब तक बस सरकने लगी थी, पहले भी वह पूरी तरह से खड़ी नहीं हुई थी। पर अब तो वह सचमुच रफ्तार पकड़ने लगी थी और बूढ़ा नाटा जगन्नाथ हाथ में काला बैग उठाए, भीड़ को चीरता हुआ, उसकी ओर बढ़े जा रहा था।

"अरे! वह देखो उस बूढ़े को!" पटरी पर खड़े किसी आदमी ने ठहाका मारकर कहा, "कैसे गेंद की तरह भागता जा रहा है!"

नाटा बाबू जगन्नाथ भागता हुआ सचमुच बस के पायदान के सामने पहुँच गया था। वह सचमुच ही बाएँ पाँव पर दबाव डालकर उछला था और अपना दायाँ पाँव पायदान पर रखकर खड़ा हो गया था और दाएँ हाथ से डँडहरे को थाम लिया था।

पायदान पर खड़े-खड़े हाँफते हुए बाबू जगन्नाथ ने पीछे सड़क की ओर देखा। अनेक मुसाफिर छूटती बस पर चढ़ पाने में असफल रह जाने पर अगली बस की राह देखने के लिए बस-स्टॉप की ओर लौट रहे थे। बाबू जगन्नाथ की आँखें भीड़ में उस वयोवृद्ध को ढूँढ़ रही थीं जिसने उससे 81 नम्बर बस के बारे में पूछा था और फिर अपनी छड़ी की नोक से रास्ता टटोलता हुआ बस की ओर जाने लगा था।

'ऐसी भी क्या बात है!' बाबू जगन्नाथ ने हाँफते हुए मन-ही-मन कहा, 'इस बस में नहीं बैठ पाया तो अगली में बैठ जाएगा,' और कहते हुए वह बस के अन्दर बैठ पाने के लिए जगह ढूँढ़ने लगा।

पर यह क्या?

प्रकाशकों का सम्मेलन चल रहा था। दो-दिवसीय सम्मेलन के अन्तिम सत्र में, लेखक-प्रकाशक संवाद रखा गया था। इससे पहले के सभी सत्र प्रकाशकों की समस्याओं पर केन्द्रित थे। (कागज की महँगाई, सरकार की नीति, वितरण की समस्याएँ आदि जिनका उनके व्यवसाय की दृष्टि से बड़ा महत्त्व था।)

मैं घर से तो यह सोचकर आया था कि अब मौका मिला है, प्रकाशकों को खरी-खरी सुनाऊँगा कि मेहनत तो लेखक करता है पर दूध पर से सारी मलाई प्रकाशक उतार ले जाते हैं। अपनी रॉयल्टी तक के लिए लेखक को प्रकाशक का मुँह जोहना पड़ता है। अगर दो से तीसरी बार रॉयल्टी के लिए इसरार करो तो कहते हैं, अपनी पुस्तकें उठा ले जाओ, बिक नहीं रही हैं। विरले ही कोई लेखक अपनी लेखनी के बल पर रोजी-रोटी कमा सकता है, आदि-आदि।

और सम्मेलन-स्थल पर पहुँचते-पहुँचते मैं और भी ज्यादा बौखला उठा था। मैं और मेरी पत्नी यहाँ तक पहुँचने से पहले बहुत-सा फासला चिलचिलाती धूप में पाँव घसीटते आए थे। रास्ते में एक जगह पर तो पत्नी ने बिफरकर कहा था, 'चलो, लौट चलें। उन्हें हमारी परवाह नहीं तो हमें ही क्यों हो? सम्मेलन जाए भाड़ में!' यों भी पत्नी को सेमिनारों-सम्मेलनों से चिढ़ होने लगी है। 'भाषण सुन-सुनकर मेरे कान पक गए हैं। और मैं केवल तालियाँ बजाने के लिए जाऊँ? किसलिए?'

यों, संयोजकों ने गाड़ी भेजने का आश्वासन दिया था, पर गाड़ी पहुँची नहीं। और हमें हॉल तक पहुँचने के लिए बहुत-सा फासला पैदल चलना पड़ा था। और वहाँ पहुँचने पर भी संयोजकों की ओर से कोई आदमी हमारी अगवानी करने नहीं आया था। और हमें बहुत देर तक इन्तजार करना पड़ा था। इससे भी मेरा मन खिन्न हो उठा था। इस पर पत्नी झुँझलाकर बोली, ''तुम्हारी कोई परवाह नहीं करता। कोई और होता तो जरूर गाड़ी भेजते।''

और पत्नी ने कुछेक महारथियों के नाम गिना दिये और साथ में जोड़ दिया, ''वे जानते हैं, यह आदमी खुद पाँव घसीटता पहुँच जाएगा, इसे गाड़ी क्यों भेजें?''

एक बड़ी उम्र के सज्जन से पूछा, जिन्होंने छाती पर सम्मेलन का बिल्ला लगा रखा था और जो बाद में एक प्रसिद्ध प्रकाशक निकल आए थे, तो उन्होंने मेरी बात सुनते ही हाथ जोड़ दिये और हमें अन्दर लिवा ले चले, ''कार का बन्दोबस्त तो कर दिया गया था पर हमारे दो सदस्यों को हवाई अड्डे पर जाना पड़ गया था। इससे हमारे पास कारें कम पड़ गई थीं।'' उन्होंने खिसियाई-सी मुस्कराहट के साथ कहा।

वह सज्जन स्वयं बड़े परेशान जान पड़ रहे थे। हाथ जोड़कर बार-बार माफी माँगते रहे।

''क्या कहूँ, बहुत शर्मिन्दा हूँ, कोई और होता तो भूल भी हो जाती पर आपके लिए तो हमने विशेष रूप से सारा इन्तजाम कर रखा था।''

खुशकिस्मती से हॉल खूब ठंडा था। बड़ी आरामदेह, मखमली, गद्देदार कुर्सियाँ बिछी थीं। फौरन ही ठंडा शरबत पहुँच गया था, और तभी वह वयोवृद्ध सज्जन बड़े आदरभाव से मुझे मंच पर चलने का अनुरोध करने लगे थे। शरबत की चुस्कियाँ भरते हुए पत्नी मेरी ओर देखकर मुस्कराई भी थी जिससे मेरा दिल कुछ-कुछ ठिकाने पर आ गया था।

मैंने आँख उठाकर दर्शकों की ओर देखा। बड़ा प्रभावशाली दृश्य था। वातानुकूलित ठंडे हॉल में, गद्देदार कुर्सियों पर बैठे प्रकाशक सचमुच बड़े प्रभावशाली लग रहे थे। सभी सजे-सँवरे थे। लगभग सभी सूट-बूट और चमचमाते जूते पहने हुए थे। उन्हें देखते हुए मैं मन-ही-मन कल्पना करने लगा कि कैसा रहे अगर इसी हॉल में प्रकाशकों की जगह लेखक बैठे हों? और कल्पना करते ही मैं मन-ही-मन हँस दिया। लेखक गद्देदार कुर्सियों पर बैठे हों, किसी की उँगलो में हीरे की अँगूठी चमक रही हो, कोई रेशमी सूट पहने, सजा-सँवरा, सिर के बाल बढ़िया लोशन से बैठाए हुए। कैसा रहे? पर लेखकों की तो बात ही दूसरी है। उनकी गोष्ठियों में तो किसी ने मुचड़े हुए कपड़े पहन रखे हैं, कोई शेव करके आया है या नहीं आया, किस ब्रांड की सिगरेट पी रहा है, पाँवों में जूते हैं या चप्पल, किसी का ध्यान ही नहीं जाता। उस हमाम में तो सभी नंगे होते हैं।

पर यहाँ बात दूसरी थी। लेखक के नाते अपनी मान-मर्यादा बनाए रखना जरूरी था, अपनी अस्मिता का भी ध्यान आया। और फिर कार्यक्रम मुख्यत: अंग्रेजी में चल रहा था। और मैंने देखा है कि ऐसे अवसरों पर हिन्दी में कही बात का इतना वजन नहीं होता, वही बात अगर अंग्रेजी में कही जाए तो लोग ज्यादा ध्यान से सुनते हैं।

सत्र आरम्भ हुआ। संयोजक महोदय ने अपने स्वागत भाषण में अनेक सुंदर शब्द कहे, भरी सभा में मेरी परेशानी के लिए क्षमायाचना की, और फिर गहरे भावोद्रेक के साथ समाज में लेखक की विराट् भूमिका की चर्चा करने लगे।

मुझे अच्छा लगा। प्रकाशक लोग होते तो व्यवसायी हैं, पर वे लेखक के योगदान की भी कद्र करने लगे हैं, यह बड़ा शुभ लक्षण है। वह कह रहे थे, ''लेखक

अपने समाज के चिन्तन को प्रभावित करता है, उसे नई दिशा देता है। समाज के आगे मशाल लेकर चलता है। नई जागृति, नई सूझ देता है...'' आदि, आदि। और वह देर तक लेखक के नि:स्वार्थ योगदान की बात करते रहे। अपने भाषण में उन्होंने सार्त्र और टॉल्स्टॉय का जिक्र किया कि सार्त्र द्वारा दिये गए एक वक्तव्य से समूचा फ्रांस हिल उठा था और टॉल्स्टॉय का साया तो सारे विश्व पर फैला हुआ है। यह भी मुझे अच्छा लगा। किसी ने तो लेखक की महत्ता को, उसकी देन को मान्यता दी। मुझे गहरा सन्तोष हुआ।

जब मैं बोलने के लिए उठा तो मैं स्वयं गद्गद हो रहा था। कुछ-कुछ भावुक भी।

मैंने कहा कि किसी लेखक की सबसे बड़ी इच्छा यही होती है कि उसकी रचना को कोई पढ़े, वह पाठक तक पहुँचे। उसके लिए यही सर्वोपरि है, लेखक को पाठक चाहिए। रचना से प्राप्त होनेवाला आर्थिक लाभ उसके लिए सर्वोपरि नहीं होता।...यह कहते हुए मैंने एक किस्सा सुनाया जो कुछ-कुछ चुटकुले जैसा था कि कैसे एक बार रात के वक्त कालका से दिल्ली तक की रेलगाड़ी में सफर करते हुए मुझे रेलगाड़ी में जगह नहीं मिली। खचाखच भरे डिब्बे में मुझे घंटों खड़े रहना पड़ा। पाँव बोझिल हो रहे थे, और खड़ा रह पाने के लिए भी किसी डँडहरे तक का सहारा नहीं मिल रहा था। तभी मैंने देखा कि सीटों पर बैठे मुसाफिरों में एक युवती, बड़े आराम से हाथ में एक पत्रिका लिये पढ़ रही है। उसे यों आराम से बैठे देखकर मन में खीज-सी उठी पर अचानक ही उसने पन्ना पलटा तो पत्रिका पर मेरी नजर पड़ गई। वह लड़की पत्रिका में मेरी ही कहानी पढ़ रही थी। मेरे शरीर में झुरझुरी-सी हुई, और अंतस्तल को सराबोर करती हुई लहर-सी उठी। मेरी सारी थकान छूमन्तर हो गई। मेरी रचना पढ़ी जा रही थी और वह भी सुन्दर युवती द्वारा! मैं दिल्ली तक का सफर खड़े-खड़े काट सकता था।

श्रोतागण मुस्करा रहे थे, सिर हिला रहे थे। उनके चेहरों पर अनुमोदन का भाव झलक आया था।

मन-ही-मन मुझे इस बात का भास होने लगा था कि लेखक-प्रकाशक के रिश्ते में बहुत कुछ ऐसा भी है जिस पर साँझे रूप में मिल-जुलकर विचार करने की भी जरूरत है। पुस्तकें छपें, बिकें, पाठक वर्ग तक पहुँचें, इसमें दोनों का हित है। संयोजक महोदय ने अपने भाषण में कहा था कि कागज का मूल्य लगभग डेढ़ गुना बढ़ गया है, इस कारण प्रकाशक पुस्तक का मूल्य बढ़ाने पर मजबूर हो गए हैं, और जिस अनुपात में मूल्य बढ़ता है, उसी अनुपात में बिक्री कम होती है।...ये सब साँझी समस्याएँ नहीं तो क्या हैं?

संयोजक महोदय ने लेखक की विराट् भूमिका का जिक्र किया था। मैंने बड़ी विनम्रता से अपने भाषण में कहा, ''संयोजक महोदय ने अपने भाषण में लेखक के

प्रभाव की बात कही है। इससे मुझे बच्चन जी की कविता याद हो आई,'' कहते हुए मैं कविता की पंक्तियाँ सुनाने लगा :

''जग में अँधियारा छाया था
मैं ज्वाला लेकर आया था
मैंने जलकर दी आयु बिता
पर जगती का तम हर न सका
मैं जीवन में कुछ कर न सका...''

इस पर भी बहुत-से प्रकाशक मुस्कराए थे। अगली पाँत में बैठे दो-तीन बड़ी उम्र के प्रकाशकों ने सिर हिलाए थे, एक दूसरे की ओर झुककर कुछ फुसफुसाया भी था और मुझे लगा था कि उन्हें मेरा उद्धरण रोचक लगा है। तीनों प्रकाशक, बुढ़ापे के बावजूद बड़े सजे-सँवरे थे। एक ने सिल्क का हल्के क्रीम रंग का सूट पहन रखा था, सिर के सफेद बाल बीच में से काढ़े हुए थे, कोट की आस्तीनों के नीचे चाँदी के स्टड-बटन चमक रहे थे। शायद उन्हें मेरा कविता सुनाना इसलिए भी रोचक लगा होगा कि वह अप्रत्याशित था। व्यवसाय-सम्बन्धी कार्यवाही में, जो अंग्रेजी में चल रही थी, हिन्दी की कविता पढ़ी जाने लगी थी।

मैं कह रहा था :

''लेखक ऐसे किसी भुलावे में नहीं लिखता कि वह दुनिया को बदल डालेगा, उसके अंतस् की ज्वाला अक्सर उसे ही जलाती रहती है, वह केवल अपने समाज के सांस्कृतिक जीवन में अपना योगदान देता है। अपने समय को आँकता है, जीवन का प्रतिबिम्ब प्रस्तुत करता है, जूझते इनसान का संघर्ष दिखाता है। हाँ, कुछ ऐसे लेखक भी हैं जो समाज में होनेवाले युगान्तरकारी परिवर्तनों के लिए अपने लेखन द्वारा जमीन तैयार करते हैं...''

अब की बार मैंने किसी का सिर हिलते नहीं देखा। तीसरी पाँत में बैठा एक प्रकाशक कलाई घड़ी को देख रहा था। उसी के साथ बैठा हुआ एक और प्रकाशक कुर्सी के पीछे से सिर लगाए मेरी ओर देखे जा रहा था। वह मेरे भाषण को तन्मयता से ग्रहण कर रहा है, मैंने सोचा, पर वास्तव में वह आँखें खोले-खोले ही सो गया था। मुझे हल्का-सा धक्का लगा। न जाने क्यों क्षणभर के लिए मुझे लगा, जैसे इस सम्मेलन में मैं बाहर का आदमी हूँ, यह प्रकाशकों का सम्मेलन है, ये लोग यहाँ अपने व्यवसाय से सम्बन्धित मसलों पर विचार करने के लिए आए हैं, साहित्यिक कृतियों के प्रभाव की चर्चा सुनने नहीं आए। इन्हें तो मतलब है कि प्रकाशन का व्यवसाय कैसे फले-फूले, नई सम्भावनाओं का उपयोग कर सकें, सही दामों पर कागज हासिल कर सकें, विदेशों में अपनी किताबों के लिए बाजार पैदा कर सकें। लेखक का संवेदन क्या कहता है और क्या नहीं कहता, इससे इन्हें क्या लेना-देना! मुझे यहाँ साहित्य-रचना का पोथा नहीं खोलना चाहिए,

इनके मतलब की बात करूँ तो कोई तुक है। मैं यहाँ साहित्य-रचना करने नहीं आया हूँ।

मैं तनिक आगे बढ़ आया और अपनी आवाज को भी तनिक ऊँचा उठाते हुए कहने लगा :

"मैं संयोजक महोदय से सौ फीसदी सहमत हूँ। सरकार को पुस्तकों के प्रचार-प्रसार के लिए एक अलग विभाग बनाना चाहिए, और एक अलग मंत्री नियुक्त करना चाहिए। सरकार इस काम को प्राथमिकता क्यों न दे! इससे देश का सांस्कृतिक स्तर ऊँचा उठता है। इस समय सब काम प्रकाशकों के बलबूते पर चल रहा है, और निश्चय ही उनके साधन सीमित हैं।...और मैं समझता हूँ कि प्रकाशन की समस्याओं को लेकर लेखकों और प्रकाशकों की एक साँझी समिति बनाई जाए ताकि वे एक साँझी नीति और कार्यक्रम अपना सकें..."

अब की बार तालियाँ बजीं। कुछ लोग मुस्कराए, कुछेक वयोवृद्ध के चेहरे खुशी से दमकने लगे।

और अब मैं पहले से भी ज्यादा गर्मजोशी से बोलने लगा था :

"और मैं समझता हूँ कि कागज के सवाल को लेकर लेखकों और प्रकाशकों का साँझा प्रतिनिधि-मंडल शिक्षामंत्री से मिले," इस पर तालियाँ, घनघोर तालियाँ देर तक बजती रहीं।

इसी गर्मजोशी में मैंने अनेक अन्य सुझाव भी दिये। ब्याह-शादियों के मौके पर किताबें उपहारस्वरूप दी जाएँ, बच्चों के जन्मदिन पर किताबें भेंट की जाएँ, टेलीविजन पर नई पुस्तकों की समीक्षा हो, आदि, आदि।

सत्र समाप्त हुआ, सभा विसर्जित हुई। मैं स्टेज पर से उतर रहा था जब संयोजक महोदय ने हाथ बढ़ाकर मुझे नीचे उतारा। मैं आगे बढ़ा तो मंच के सामने खड़े दो-तीन प्रकाशक मुझे रास्ता देने के लिए पीछे हट गए।

संयोजक व्यक्ति बड़े मिलनसार व्यक्ति निकले। उनकी कनपटियों के बाल सफेद हो चले थे पर उनमें जवानों का-सा उत्साह था। हॉल में से बाहर आते हुए वह कह रहे थे :

"लेखक तो प्रकाशन व्यवसाय की रीढ़ होता है। लेखक के बिना हम कुछ भी, नहीं हैं।"

मेरी कोहनी पर हाथ रखे वह बड़ी आत्मीयता से बाहर ले चले।

"आपका सुझाव कि शिक्षामंत्री के पास लेखकों और प्रकाशकों का साँझा प्रतिनिधि-मंडल जाए, सभी प्रकाशकों द्वारा बहुत सराहा गया है।"

फिर वह श्रद्धाभरी मुस्कान के साथ बोले :

"मंत्री हमारी बात टाल सकता है लेकिन लेखक की बात नहीं टाल सकता। शीघ्र ही हम आपको तकलीफ देंगे।"

हम बाहर आ गए थे। उन्होंने हाथ हिलाकर इशारा किया और फौरन ही एक बड़ी ग्रे रंग की मर्सिडीज कार यार्ड में से निकली और सड़क पर तैरती हुई-सी हमारे सामने आकर खड़ी हो गई। मुझे तो वह किसी राजदूत की गाड़ी जान पड़ी क्योंकि ड्राइवर ने वर्दी पहन रखी थी। संयोजक महोदय ने आगे बढ़कर दरवाजा खोल दिया।

मेरी पत्नी कुछ देर के लिए ठिठकी खड़ी रही फिर अन्दर जा बैठी। कार के अन्दर की गद्दियाँ भी ग्रे रंग की थीं।

''यह कार आपको टैक्सी स्टैंड तक ले जाएगी। वहाँ आप टैक्सी कर लीजिए और जो बिल आए, वह हमें भेज दीजिए।''

मैं संयोजक महोदय से विदा ले रहा था जब कार के अन्दर से मेरी पत्नी की आवाज आई :

''भाई साहिब,'' वह संयोजक महोदय को सम्बोधन कर रही थी, ''क्या यह गाड़ी हमें घर तक नहीं छोड़ सकती? इस वक्त बहुत भीड़ है, हमें वाहन न जाने मिलेगा या नहीं?''

''मिलेगा, मिलेगा, वाहन जरूर मिलेगा,'' संयोजक बोले, फिर सिर झुकाकर बड़ी विनम्रता से कहने लगे, ''मैं इसी को भेज देता बहिनजी, पर इसे प्रकाशक मित्रों ने पहले से बुक कर रखा है। और अब सम्मेलन खत्म हो चुका है...।''

फिर ड्राइवर को हिदायत करते हुए बोले :

''इन्हें टैक्सी स्टैंड तक ले जाओ, और फिर फौरन लौट आना...।''

गाड़ी तिरती हुई-सी चल रही थी। टैक्सी स्टैंड तक ही सही, मैं सोच रहा था, मर्सिडीज गाड़ी की सवारी कहाँ रोज-रोज मिलती है!

टैक्सी स्टैंड पर हमें उतारकर मर्सिडीज गाड़ी लौट गई। हम सड़क के किनारे खड़े हो गए। स्टैंड पर कोई टैक्सी नहीं थी, सड़क पर वाहनों की भीड़ थी। पर टैक्सी तो क्या, किसी स्कूटर का मिलना कठिन हो रहा था। कुछ ही देर में मैं हर राह जाते स्कूटर को हाथ झुलाकर रोकने की कोशिश कर रहा था, हाँफता हुआ कभी एक तो कभी दूसरे के पीछे भाग रहा था।

मैं हाँफता हुआ सड़क के किनारे खड़ा था जब अचानक ही मुझे याद हो आया कि सम्मेलन में तो मैं प्रकाशकों को खरी-खरी सुनाने के लिए घर से निकला था, उनका भंडाफोड़ करने, उन्हें लेखक की वास्तविक स्थिति की याद दिलाने...पर यह क्या...?

वापसी-ब-वापसी

विदेश में पहुँचने पर शिवनाथ उर्फ शिब्बू ने वही किया जो अधिकांश हिन्दुस्तानी करते हैं, नीली आँखों पर मर मिटा। देर-सवेर का मानो सवाल ही नहीं उठता था। जैसे प्यासा पक्षी पर फड़फड़ाता हुआ पानी की ओर लपकता है, शिब्बू कात्या नाम की उस युवती की ओर लपक पड़ा।

अपने देश हिन्दुस्तान में तो हम खूँटों से बँधे होते हैं, और सभी खूँटे हमें स्त्रियों से दूर रखने के लिए गाड़े गए होते हैं। विवाहित हो तो पतिव्रत धर्म का खूँटा, अविवाहित हो तो सदाचार का खूँटा, नैतिकता का खूँटा, लोकलाज का खूँटा, बिरादरी का खूँटा। इसीलिए देश से दूर होने की देर थी कि जैसे सभी खूँटे तुड़ाकर शिब्बू कात्या पर निछावर हो गया।

यों भी जहाँ पहुँचा था, वह देश भी नीलम देश से कम नहीं था। जाड़ों के दिन थे और चारों ओर बर्फ की चादर बिछी थी। दोपहर ढलते ही आकाश में से अँधेरे की परतें उतरने लगतीं, और उनमें नीली आभा मिली होती—अँधेरे में घुली नीली आभा। वह देर-देर तक खिड़की के पीछे खड़ा इस नीली आभा का कौतुक देखता रहता। जमीन पर दूर-दूर तक बिछी सफेद बर्फ और ऊपर नीले, हर क्षण गहराते अँधियारे साये, और उनके बीच गिरते असंख्य बर्फ के गोले। सहसा ही फ्लैटों की बत्तियाँ जल उठतीं—लाल, हरी, सफेद, तो उसे लगता, जैसे किसी जादुई नगर में पहुँच गया है।

इस जादुई नीलिमा का आकर्षण और इस पर कात्या की नीली आँखें, शिब्बू को लगा, जैसे नीलम देश की राजकन्या उसके हाथ लग गई है।

कात्या उसी कार्यालय में काम करती थी जिसमें काम करने शिब्बू भारत से आया था। शिब्बू लड़की के प्रेम में मतवाला हो रहा था। गले-गले तक प्रेम में डूबा हुआ था। प्रेम में डूबा हुआ व्यक्ति हमारे यहाँ मजनू कहलाता है और हम उसकी खिल्ली उड़ाते हैं। जब मैं पहुँचा तो शिब्बू की आँखें लाल-लाल रहने लगी थीं, बैठा-बैठा कभी हँसने लगता, कभी रोने लगता, कभी गाने लगता। यह मजनू नहीं था तो क्या था?

वास्तव में आग दोनों ओर से लगी थी। कात्या भी मस्त थी। एक बार हँसती तो हँसना बन्द ही नहीं करती थी। मेरे लिए तो शिब्बू बोर बनता जा रहा था, पर कात्या को तो उस काले-कलूटे में चाँद का मुखड़ा नजर आता था। शिब्बू को उसकी गोरी चमड़ी और नीली आँखों के सिवा क्या नजर आया होगा, पर ऐसे सवाल प्रेमियों से नहीं पूछे जाते। वह हँसती तो शिब्बू को चाँदी की घंटियाँ टुनटुनाती सुनाई देतीं, इठलाकर चलती तो उसे अप्सरा नजर आती।

एक दिन मेरे सामने बैठा बिसूरने लगा, "उसका बाप उसे मना कर रहा है कि मेरे साथ मत घूमो। ये बाप कहाँ से टपक पड़ते हैं?" वह दो दिन की दाढ़ी पर हाथ फेरते हुए बोला, "क्या मैं उसकी बेटी को भगा ले जा रहा हूँ?"

"तुम्हें चाहिए, उससे मिलो। उसके साथ मेलजोल बढ़ाओ।"

"क्यों? वह मेरा क्या लगता है?"

"तेरा कुछ नहीं लगता पर तेरी प्रेमिका का बाप तो लगता है।"

इस पर वह चिढ़कर बोला, "यह हिन्दुस्तान नहीं है कि बेटी से मिलो तो साथ में बाप से भी मिलो। यहाँ सब आजाद हैं," फिर कुछ देर तक चुप बने रहने के बाद खुद ही बोला, "मैं उसके बाप से मिलने जाऊँ और वह मुझे दो झापड़ लगा दे, तो? हमारे देश में तो झापड़ लगा देते हैं।"

"प्रेम के लिए दो झापड़ क्या चीज है? मजनू को तो पत्थर पड़ते रहे थे।"

"तुझे मजाक सूझ रहा है, मेरी जान पर बन आई है। मुझे तीन दिन से कात्या नहीं मिली।"

"चिन्ता नहीं कर। प्रेम के कारण कोई भी प्रेमी मरता नहीं है। सुन शिब्बू, रात के बारह-बारह बजे तक लड़की बाहर रहेगी तो उसका बाप उससे पूछेगा नहीं? उसे क्या मालूम, तू कैसा आदमी है? विदेशी होने के कारण उसका बाप यों भी घबराएगा।"

"फिर तू ही बता, मैं क्या करूँ?" उसने थोड़ी देर तक सोचते रहने के बाद कहा, "कात्या के बिना मैं नहीं रह सकता।"

"क्या तू कात्या से शादी करना चाहता है?"

"और नहीं तो क्या?"

मैं ठिठककर उसके चेहरे की ओर देखने लगा।

"तब तो और भी जरूरी है कि तुम उसके माँ-बाप से मिलो।"

"अगर उसने इनकार कर दिया तो?"

"यह हिन्दुस्तान नहीं है," मैंने कहा, "यहाँ कोई लड़की अपने बाप की बात नहीं मानती। ऐसा तो बाप को रास्ते में से हटाने के लिए किया जाता है, उसका मुँह बन्द करने के लिए।"

वह कुछ देर तक बैठा सोचता रहा, फिर उठकर चला गया, "बाप-वाप से तो हम नहीं मिलेंगे। बाप से मिलने का क्या मतलब हुआ?" वह बड़बड़ाता हुआ निकल गया।

कुछ दिन बाद मैंने एक शाम दोनों को पार्क में घूमते हुए देखा। कात्या उसी तरह बात-बात पर हँस रही थी। हँसी से लोट-पोट हो रही थी। शब्बू उसे आइसक्रीम खिला रहा था, झूला झुला रहा था। कभी एक-दूसरे का हाथ पकड़े टहलते हुए नजर आते, कभी एक-दूसरे की कमर में हाथ डाले किसी पेड़ के नीचे आलिंगनबद्ध नजर आते। शिब्बू के लिए आ़काश में से फूल झर रहे थे, गुलजार खिल उठा था और वायमुंडल में धीमा-धीमा संगीत बज रहा था।

और कुछ ही दिन बाद उनकी शादी हो गई।

शादी में सभी शामिल हुए—दोस्त-यार भी और कात्या के माँ-बाप भी। पर शिब्बू की सनक देखो, धोती पहनकर पहुँच गया। वह भारतीय दूतावास में से किसी ब्राह्मण को भी पकड़ लाया और उससे मंत्र भी पढ़वाता रहा। भगवान जाने, वे कौन-से मंत्र थे क्योंकि वह ब्राह्मण देवता, दूतावास के वित्तीय विभाग में क्लर्क था। चन्दन-रोली का प्रबन्ध भी कर लिया। और तो और, शादी पर वह कात्या को साड़ी पहनवाकर ले आया। हमारी बीवियों ने होटल के प्रवेश-द्वार पर नवदम्पती पर चावल छिड़के, ब्राह्मण ने तिलक लगाया, मंगलगान हुआ, इस तरह विवाह की विधि सम्पन्न हुई। सारा वक्त कात्या के सिर पर से साड़ी का पल्लू खिसक-खिसक जाता रहा, और वह बार-बार उसे सँभालती हुई अपनी टुनटुनाती हँसी हँसती रही।

भारतीयता भी अजीब चीज है। जिस भारतीयता से भागकर विदेश में आया था और सभी खूँटे तोड़ स्वच्छन्द घूम रहा था, उसी भारतीयता ने मन की सभी परतें तोड़कर बाहर सिर निकाल लिया था। तब ब्राह्मण भी मिल गया था और रोली-चन्दन भी।

विवाह के शीघ्र ही बाद शिब्बू प्रेमी नहीं रह गया था, पति बन गया था। पहले कात्या के कान में प्रेम के पद गुनगुनाया करता, और अब पति के नाते अपने व्यक्तित्व की विशिष्टता से कात्या को प्रभावित करने के लिए या रुआब गाँठने के लिए तरह-तरह के करतब करने लगता और हर करतब में भारतीयता का रंग होता।

शिब्बू को सिगरेट पीने की लत थी। प्रेमाभिसार के दिनों में सिगरेटों की तलब और भी ज्यादा बढ़ गई थी। कात्या को सिगरेटों से चिढ़ थी। प्रेमिका के नाते तो जब शिब्बू सिगरेट फूँकता तो कात्या हँसी-हँसी में नाक-भौंह चढ़ाती रहती और कभी उसके होंठों में से सिगरेट छीनकर फेंक देती, पर अब पत्नी के नाते उसे उपदेश देने लगी कि सिगरेटों का धुआँ फेफड़ों में जाता है, और यहाँ में तो दरवाजे-खिड़कियाँ बन्द रहते हैं, धुआँ और भी ज्यादा हानिकारक होगा, तो शिब्बू ने जलती सिगरेट मुँह

में रखे ही खिड़की खोल दी। बर्फीली ठंडी हवा का फर्राटा अन्दर आया, कात्या तो एक ओर को हट गई पर शिब्बू खुली खिड़की के सामने जाकर लम्बी-लम्बी साँस खींचने लगा।

"तुम कितनी ही सिगरेट पियो, दस मिनट प्राणायाम कर लो तो फेफड़े साफ हो जाते हैं," और सिगरेट बुझाकर गहरे प्राणायामी श्वास लेने लगा।

पर कात्या ने लपककर खिड़की बन्द कर दी।

"भारत तो गर्म देश है। यहाँ शून्य से तीस डिग्री कम तापमान में क्या तुम गहरी साँस लोगे?"

"कात्या, तुम कुछ नहीं जानती हो। प्राणायाम से फेफड़ों में से सारा धुआँ निकल जाता है।"

"भारत में निकल जाता होगा। यहाँ जम जाता है, यहाँ निमोनिया हो जाता है।"

कात्या को प्रभावित करने के लिए बहुत कुछ था। शिब्बू कॉफी पीने का भी शौकीन था। यहाँ भी कॉफी बनाने की भारतीय विधि वह कात्या को समझाने लगा।

"जैसी कॉफी दक्षिण भारत में बनती है, वैसी दुनिया-भर में नहीं बनती।"

शिब्बू दूतावास से, ब्राह्मण क्लर्क की मदद से कॉफी के बीज उठा लाया था। कॉफी उँडेलते समय वह पतीले को दाएँ हाथ में पकड़े, गज-भर ऊँचा उठा लेता, और इस ऊँचाई से नीचे रखे पात्र में कॉफी उँडेलता।

"इससे क्या होता है, शिब्बू डियर?"

"इससे झाग बनती है। कॉफी में उफान आता है।"

"वह तो मैं देख रही हूँ।"

"इससे कॉफी की महक खुलकर निकलती है।"

कात्या ने मंत्रमुग्ध नेत्रों से शिब्बू की ओर देखा और ठहाका मारकर हँस दी।

"भारतीयता के और कौन-कौन-से करिश्मे दिखाओगे?" उसने हँसते हुए कहा।

दिखाने को बहुत कुछ था। कभी-कभी शिब्बू दरी बिछाकर योगासन करता। प्रातः नहाने लगा। कभी-कभी संस्कृत में श्लोक गुनगुनाता और उनका भावार्थ कात्या को समझाता। रसोईघर में भारतीय व्यंजन बनाता, और प्रत्येक व्यंजन की विशिष्टता की व्याख्या करता। हल्दी और सोंठ तथा लवंग के गुण बताता।

दिन बीतने लगे। धीरे-धीरे प्रेम का उफान उतरने लगा, और दोनों का जीवन गृहस्थ के ढर्रे पर चलने लगा। शादी हो जाने के कारण शिब्बू ने वहीं बस जाने का निर्णय भी ले लिया। शिब्बू अपने नए परिवेश में ढलने लगा। पहले का बहुत कुछ पीछे छूट चुका था और भारत दूर पड़ने लगा था। कभी-कभी, विशेष रूप से तीज-त्योहार के दिन शिब्बू की भारतीयता अँगड़ाई लेकर जाग उठती। दीपावली के दिन वह घर में बत्तियाँ जलाना नहीं भूलता, और होली के दिन गुलाल की पुड़िया हाथ

में लेकर कात्या के माथे पर ही नहीं, हर राहगीर के माथे पर लगाता और राह जाते लोगों से बगलगीर होता फिरता था।

भारत जितना दूर पड़ता जा रहा था, भारतीयता का मोह उसी अनुपात में बढ़ता जा रहा था।

बरस पर बरस बीतने लगे। हम लोग जो विदेश में काम करने आए थे, एक-एक करके अपने देश लौटने लगे।

शिब्बू के साथ सम्पर्क कम होता गया। पत्र-व्यवहार द्वारा थोड़ा-बहुत एक-दूसरे की गतिविधि का पता चलता रहा।

लगभग बीस बरस बीत गए होंगे। इस बीच शिब्बू दो-एक बार अपने परिवार को लेकर भारत की यात्रा करने आया। मुझसे भी मिला। दोनों पति-पत्नी के साथ उनकी युवा बेटी को देखकर हार्दिक प्रसन्नता हुई। बड़ी नाजुक-सी, हाव-भाव में संवेदनशील लड़की जान पड़ी। हल्का पीला चेहरा, कोमल-सी मुस्कान। जहाँ माँ से उसने गोरा रंग लिया था, बाप से काली आँखें और घुँघराले बाल। चकित हिरनी जैसी आँखें। उसे देखने पर लगा, जैसे कोई परी आकाश में से उतर आई है और धरती पर पहुँचते ही जैसे रास्ता भटक गई है!

उधर हँसमुख कात्या गोलमटोल महिला बन गई थी। बालों में सफेद रेशे चमकने लगे थे। शिब्बू की कनपटियाँ सफेद हो चली थीं और छोटी-सी तोंद निकल आई थी जिस पर वह अनजाने में सारा वक्त हाथ फेरता रहता था।

हाँ, कात्या की टुनटुनाती हँसी में कोई अन्तर नहीं आया था। अपनी भारत-यात्रा पर टिप्पणी करते हुए वह बार-बार हँसती हुई कहती, ''जब से आई हूँ, मन्दिर देख रही हूँ। एक के बाद एक मन्दिर। मैं कितने मन्दिरों की सीढ़ियाँ चढ़-उतर सकती हूँ जी?''

भारत में तो उनके साथ अधिक समय बिताने का अवसर नहीं मिला, पर दो-एक साल बाद किसी सेमिनार में भाग लेने जब मास्को पहुँचा तो बड़े चाव से उनके साथ कुछ समय बिताना चाहता था।

पहले दो दिन तो सेमिनार ने खा लिये। तीसरे दिन देर रात गए मुझे छुटकारा मिला तो मैं भागता हुआ शिब्बू के घर जा पहुँचा। शिब्बू एक बहुत बड़े अपार्टमेंट हाउस में रहता था जिसमें सैकड़ों फ्लैट थे। जब मैं पहुँचा तो शिब्बू घर के बाहर लम्बे-चौड़े आँगन में टहल रहा था। मैंने सोचा, मेरी राह देख रहा है, जिस पर मेरा दिल भर-भर आया। पर वह मेरी राह नहीं देख रहा था। मिलते ही बोला, ''क्या कहूँ, कविता किसी लड़के के साथ बाहर गई है। अभी तक नहीं लौटी।''

मुझे झटका-सा लगा और उसका वाक्य अटपटा भी।

''और तुम यहाँ खड़े उसका इन्तजार कर रहे हो? इन्तजार करने में क्या तुक है? कहीं घूम-फिर रही होगी।''

"लेकिन कोई बेला-वक्त भी तो होता है। रात के बारह बज रहे हैं।"

इतने में कात्या बाहर आ गई। बड़े स्नेह से मिली। साथ ही कहने लगी, "शिब्बू को कुछ समझाओ। बेटी अपने दोस्त के साथ घूमने गई है। जरा देर हो जाए तो यह बाहर आकर टहलने लगता है। घर में चैन से बैठ ही नहीं सकता।"

"लेकिन कोई बेला-वक्त भी तो होता है," शिब्बू ने फिर से बड़बड़ाकर कहा। "मैं क्या जानूँ, कैसा लड़का है! इधर तरह-तरह के छिछोरे-से लड़के घूमने लगे हैं—छिछोरे और लफंगे। कात्या, क्या तुम्हें अच्छा लगता है?"

इस पर कात्या दोनों हाथ झटककर बोली, "लफंगा क्यों होगा? हमारी बेटी का दोस्त है। अच्छा लड़का होगा।"

इस पर शिब्बू फिर बड़बड़ाया, "यहाँ छिछोरे-से लड़के मँडराते रहते हैं।"

"मेरे पिता भी तुम्हें छिछोरा युवक ही कहा करते थे। छिछोरा भी और लफंगा भी।" और कात्या ठठाकर हँस दी।

"मैं लफंगा नहीं था। मुझे तो मेरी सरकार ने चुनकर भेजा था," कहते हुए शिब्बू उत्तेजित-सा हो उठा। "कात्या, कुछ समझा करो। कविता बड़ी कोमल लड़की है। बड़ी भोली है। उसे कोई बरगलाकर ले जाए तो... ?"

इस पर कात्या फिर लापरवाही से हँस दी।

"मैं भी बड़ी भोली थी, बड़ी कोमल थी। तुम चिन्ता नहीं करो। अन्दर चलो। वह लौट आएगी।" फिर मेरी ओर देखकर बोली, "वह बाहर जाती है तो यह रात को पहरा देने लगता है। तुम आए हो तो इसे कुछ समझाओ।"

पर शिब्बू कहे जा रहा था, "हमारे देश में हम स्त्री को देवी तुल्य मानते हैं। भले ही हमारे यहाँ बहुत बुराइयाँ हों, पर स्त्री...तुमने कविता को इतनी आजादी दे रखी है। अब कविता मुझसे छिपने लगी है।" फिर मेरी ओर मुड़कर बोला, "उस दिन मैं दफ्तर से लौट रहा था। रास्ते में पार्क के अन्दर टहलने के लिए अन्दर चला गया तो एक जगह मुझे लगा, जैसे कविता वहाँ पर है, और मुझे देखकर छिप गई है।"

"तुम सारा वक्त उस पर पहरा दोगे तो, वह तुमसे छिपेगी नहीं?"

पर शिब्बू कहे जा रहा था, "कविता लफंगे लड़कों के बीच घिरी हुई-सी है। कविता बच्ची है। कविता के प्रति मेरी भी तो कोई जिम्मेदारी है। मुझे यह पसन्द नहीं है, कात्या! इधर कोई लड़का आता है, फ्लैट की घंटी बजाता है, मैं दरवाजा खोलता हूँ तो कोई बहाना बनाकर लौट जाता है। इधर कविता भी पूछे-बताए बिना बाहर निकल जाती है। मैं मिलने से मना तो नहीं करता, लेकिन देर-देर तक बाहर रहना मुझे ठीक नहीं लगता। यह लड़कियों के हित में नहीं है।"

कात्या हँस पड़ी और उसकी बाँहें पकड़कर उसे अन्दर खींच ले जाने लगी, पर शिब्बू इस पर भड़क उठा मानो कात्या उसकी अवहेलना कर रही हो! उसने झटके

से बाँह छुड़ा ली, "अगर ऐसा ही चलता रहा तो मैं घर छोड़ जाऊँगा। मैं अपनी आँखों के सामने यह सब नहीं देख सकता।"

इस पर कात्या पहले तो हैरान हुई, फिर आवेश में बोलने लगी, "अपना वक्त भूल गए हो, शिब्बू?" फिर मुझे सुनाती हुई बोली, "एक दिन मेरे पापा और मामा बाहर गए हुए थे तो यह हमारे फ्लैट में पहुँच गया था। अचानक वे दोनों लौट आए। हम दोनों सोफे पर..." और कात्या फिर ठठाकर हँस दी। देर तक हँसते रहने के बाद धीमी आवाज में मुझसे बोली, "जब हमारा ब्याह हुआ तो कविता मेरे गर्भ में थी।"

और कात्या हम दोनों के हाथ पकड़कर खींचती हुई हमें अन्दर ले चली।